Pasiones griegas

Roberto Ampuero

Pasiones griegas

 Una rama de **HarperCollins***Publishers*

 Planeta

Los libros de HarperCollins pueden ser adquiridos para uso educacional, comercial o promocional. Para recibir más información, diríjase a: Special Markets Department, HarperCollins Publishers, 10 East 53rd Street, New York, NY 10022.

Este libro fue publicado originalmente en Chile en el año 2006 por Editorial Planeta Chilena S.A.

PRIMERA EDICIÓN RAYO, 2007

ISBN: 978-0-06-137511-8
ISBN-10: 0-06-137511-X

07 08 09 10 11 DT/RRD 10 9 8 7 6 5 4 3 2 1

Para Ana Lucrecia

Aclaración:

Esto es una novela, es ficción.
Cualquier semejanza con la realidad
o personas reales es casualidad,
o jugarreta de la ficción que
rige nuestras existencias.

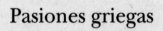

Pasiones griegas

I

LA PRADERA

Il camato del cielo
sveglia oasi
al nomade d'amore.

Giuseppe Ungaretti

1

Bruno Garza se estremeció en medio de la noche del Midwest norteamericano. Tardó unos segundos en recordar que estaba en su dormitorio y luego estiró su mano en la oscuridad buscando el aparato. ¿Era ese el primer timbrazo o el teléfono sonaba ya desde hacía mucho? Sus dedos tropezaron con la base de bronce de la lámpara, resbalaron sobre la superficie de mármol del velador y descolgaron el auricular. Lo sintió resbaladizo como una piedra cubierta de líquenes, recién recogida de algún lago austral. Después escuchó su golpe sordo al estrellarse contra la alfombra. Hurgó entre las pantuflas y una novela de Paul Auster hasta recogerlo. Lo aproximó a su mejilla y respondió en inglés con los ojos cerrados, la voz aguardentosa, confundido:

—¿Aló…? ¿Quién habla?

Del otro lado de la línea sólo llegaba el rumor inconfundible de una ducha derramándose sobre una tina vacía.

—¿Sí? ¿Diga? Diga, por favor…

El agua seguía cayendo, triste, melancólica, monótona. Bruno se sintió trasladado a una casa vieja o a un hotel de provincia. Su mano izquierda buscó el botón de la lámpara. La luz lo encandiló por unos instantes. Reconoció luego los números romanos de la esfera del despertador. Eran las tres de la mañana. El cuarto, amplio, con cuadros y un estante repleto de libros, con una ventana que daba al río Iowa, le pareció ajeno y por lo mismo agobiante, más aún sin su mujer. Su parte de la cama estaba lisa y los almohadones en orden. Recordó que Fabiana viajaba por

15

Centroamérica. ¿Quién se atrevía a importunarlo a esa hora? Se dispuso a colgar para reconciliar el sueño, pero la ducha cayendo sobre la tina acrecentó su curiosidad y lo indujo a esperar. De pronto, por encima del agua, le llegó el bocinazo de un camión que se abría paso como animal herido en alguna calle estrecha, cerca de la ventana de la ducha, estruendo que terminó por irritarlo.

—¿Se puede saber quién llama a esta hora?

Apagó la lámpara, pero mantuvo el auricular pegado al oído. Al rato percibió el taconeo de zapatos de mujer, pasos breves y apremiados, que resonaron huecos sobre baldosas mal instaladas. Después escuchó una puerta que se cerraba e imaginó con un estremecimiento que se convertiría en testigo involuntario de una escena que tal vez tenía lugar a miles de millas de él, en una ciudad de las costas de Estados Unidos o en otro continente. Supuso que la mujer, ahora que ya no escuchaba sus tacones, se desnudaba para ducharse, y se preguntó por qué habría cerrado la puerta. Tal vez afuera la aguardaba su esposo, pensó Bruno, o quizás el amante con quien se reunía clandestinamente en una posada discreta. Tragó saliva pensando que escucharía sus palabras cómplices y el abrazo de dos cuerpos ansiosos. Creyó distinguir, a través del agua, la voz lánguida y nasal de Jack Teagarden, y después su trombón apacible interpretando *Mis'ry and the Blues*, impregnando la noche de nostalgia, humo y alcohol.

Pensó en Fabiana. ¿No sería su mujer quien se preparaba para darse una ducha? ¿No llevaba ella acaso el celular consigo? Quizás había oprimido sin querer el botón de llamado a casa y por eso estaban en contacto.

—¡Hola! ¿Me escucha? –gritó Bruno con la esperanza de recibir respuesta, pero en su lugar le llegó el deslizamiento de aros sobre un tubo de aluminio, como si la mujer apartase la cortina del baño para entrar a la tina.

Imaginó que el agua se derramaba tibia sobre aquel cuerpo desnudo, y que la mujer comenzaba a enjabonar sus muslos, su cuello y sus pechos, preparándose para el abrazo con el amante que la esperaba en el cuarto contiguo.

Sólo a ratos caía el agua sobre la tina, como si la mujer esquivase de cuando en cuando la llovizna y quedara fuera del alcance de la ducha; cuando lo hacía, la noche era un tamborileo grave, misterioso. A través de la cortina de agua, como contrapunto de melodías diferentes, llegaba el registro melancólico del trombón de Teagarden que lo contagió de tristeza.

—Oiga, estoy escuchando… –insistió Bruno–. ¡Oiga!

Después percibió que alguien abría una puerta, hurgaba en el teléfono y cortaba la comunicación. Permaneció quieto en la cama, suspendido en la oscuridad hasta que sus ojos distinguieron, o creyó que distinguían, los lomos de cuero de la colección Aguilar y las siluetas de un grabado de Roberto Matta que colgaba de la pared. Desconectó el auricular, cerró los ojos a la espera de que volviesen a llamarlo. Se fue quedando dormido pensando en aquella desconocida que a esa hora, en algún lugar del planeta, secaba su piel y luego se deslizaba entre las sábanas de un lecho donde la aguardaba otro cuerpo.

Cuando, cinco días después, premunido de su tazón de café con leche, Bruno Garza abrió, en su estudio junto al río, el correo electrónico, halló un breve mensaje de su mujer. Le anunciaba que no la esperara, que no volvería y que no se molestase en buscarla.

2

«Necesito tiempo y distancia para encontrarme a mí misma y disponer de mi vida. No es una decisión en contra tuya, sino a favor mío. Por favor, no me llames ni me busques. Fabiana», decía el mensaje. Lo había enviado tarde por la noche, alrededor de las cinco de la mañana en el Midwest, cuando el sol de verano comenzaba a iluminar la pradera. Bruno volvió a leer las líneas y se puso de pie alborotado y descompuesto, cogió el auricular del teléfono inalámbrico, buscó en la memoria el número del Casa Santo Domingo y lo marcó.

—Comuníqueme con la habitación de Fabiana de Garza, por favor.

La telefonista lo conectó. Nadie respondió. El llamado regresó a la central, donde la mujer le explicó que la huésped no estaba en su cuarto.

—¿Sabe usted si ella dejará hoy el hotel? –preguntó Bruno.

—¿Quién habla allí?

—Bruno Garza, su esposo, llamo desde Estados Unidos.

—Según la reserva, la señora va a continuar alojada aquí unos días más, señor.

Colgó pensando que a lo mejor la súbita decisión de su mujer obedecía a un repentino ataque de nostalgia al visitar su país. Años atrás Fabiana lo había abandonado. También podría tratarse de una aventura, supuso angustiado, de la aparición de alguien con quien hubiese decidido iniciar una nueva vida. Era posible. Tenía poco más de cuarenta años, se conservaba espléndida gracias a su dieta vegetariana, las caminatas, el gimnasio y las visitas a un spa. Era, además, una magnífica compañera intelectual, autora de ensayos novedosos sobre la influencia del arte barroco portugués en Centroamérica. La universidad confiaba en que reanudaría sus clases sobre arte colonial latinoamericano, que había abandonado por dos semestres para escribir un libro.

¿Sería ella capaz de abandonarlo de pronto, a la carrera, como si se tratase de un transbordo en el metro, o de cambiar de punto de vista durante una conversación? Lo indignó constatar que después de veinte años de matrimonio, ella ni siquiera se molestara en explicarle la causa por la cual lo dejaba. Enmarcados en el cristal de la ventana que daba hacia la superficie turbia del río, creyó vislumbrar de pronto los ojos almendrados de Fabiana, su cabellera larga, lisa y suelta cayéndole sobre los hombros; escuchó el eco lejano de su voz melodiosa, a veces levemente autoritario, otras dócil y amable, pero no logró imaginarla explicándole lo acaecido durante el viaje. Disponían, pensó, aunque en honor a la verdad ahora debía corregirse y afirmar que «él disponía» de una casa *contemporary* amplia, clara y acogedora, de dos niveles y pisos de madera, diseñada por un discípulo de Frank Lloyd Wright, con la correspondiente mesa Noguchi y sillas Eames, que se alzaba en un bosque de robles y olmos junto al río, donde habían vivido sin sobresaltos con Carolina, la hija de ambos, que ahora estudiaba medicina en la New York University, formando así, entre los maizales del Midwest, lo que con toda propiedad suele calificarse de matrimonio bien constituido.

Dejó el tazón junto al ordenador y luego contempló a través de la ventana los árboles que flanqueaban el río. Hasta ese instante se había considerado un hombre realizado, un padre comprensivo, un esposo aceptable y un académico de prestigio sólido; en pocas palabras, un ser afortunado. Era catedrático, se especializaba en la investigación y enseñanza de la historia del infierno y la utopía, con una predilección indisimulada por Ahura Mazda y Ahriman, dioses del zoroastrismo, Er, Orfeo, y Dante, y Fourier, Owen y Saint Simon. Había llegado en los años ochenta a Estados Unidos desde el país más austral del mundo, donde gobernaba una dictadura militar y, como solía decirse en su patria con admiración y una dosis de envidia, «había logrado triunfar» en el Norte. En verdad su balance arrojaba más éxitos que fracasos: varias publicaciones innovadoras, aunque de circulación restringida, viajes a conferencias y congresos, y una cuenta de ahorro nada voluminosa, pero tampoco deudas inquietantes. Desde que había cumplido los cuarenta suponía que el destino no estaba para depararle ya grandes sorpresas; ahora, tras el mensaje de su mujer, quedaba en evidencia lo contrario.

Fabiana había salido dos semanas antes a Antigua de los Caballeros, su ciudad natal, con el propósito de visitar familiares, fotografiar fachadas y altares de iglesias, comprar huipiles mayas, y relajarse. Dejaba a menudo la pequeña ciudad universitaria donde residían, un campus limpio, bello y seguro, aunque algo aburrido durante los inviernos prolongados, que evocaba los espacios melancólicos de las calles desiertas, con vidrieras vacías, de los cuadros de Edward Hopper. Cuando Fabiana viajaba era porque comenzaban a asfixiarla la reiteración de ese punto remoto en medio de la pradera, la beatífica paz de sus casas de madera, con el buzón de cartas junto a la calle, el tablero de baloncesto apernado al garaje y el impecable todoterreno frente a la puerta, o bien porque la abrumaban el furgón de UPS repartiendo a diario paquetes, el césped siempre corto, verde y saludable del barrio, y los senderos de los parques sin colillas ni papeles, donde las ardillas confiaban incluso en los gatos y perros de los académicos.

¿Y qué iba a hacer ahora?, se preguntó Bruno. ¿Alertar a Constantino, el tío de Fabiana, y los demás parientes, o informar a Carolina, su hija, o guardar aquello para sí y esperar a que su mujer cambiase de opinión? En todo caso, la incertidumbre le impediría concentrarse en la búsqueda de textos para el curso sobre historia del infierno que dictaba en la Facultad de Ciencias Políticas cada semestre de otoño. Afuera se instalaba un día de verano en la pradera, el río centelleaba tranquilo, mientras al otro lado del puente que conduce a Chicago, pespuntaban los campanarios del centro de la pequeña ciudad. Volvió a sentarse frente a la pantalla y releyó el mensaje de Fabiana. Así que ella sólo necesitaba tiempo, un tiempo indefinido; y distancia, una distancia igualmente ambigua, para encontrarse a sí misma y decidir qué hacer con lo que denominaba «mi» vida, desterrándolo a él de ella. En el fondo, lo que estaba exigiendo era la libertad plena y, en rigor, el fin del matrimonio, concluyó Bruno amargado.

Recordó de pronto el misterioso llamado que había recibido noches atrás y supuso que se relacionaba con un intento de Fabiana de transmitirle por teléfono lo que al final sólo se había atrevido a comunicarle por Internet. Buscó en la pantallita del inalámbrico el número del aparato que lo había llamado esa noche, pero encontró un «out of area» a esa hora de la madrugada. No podría averiguar quién fue. Tal vez no debía concederle demasiada importancia al deseo de Fabiana de encontrarse a sí misma, se dijo, porque ella siempre había afirmado que la vida no consistía en hallarse a sí mismo sino en crearse a sí mismo, una sentencia apócrifa que pendía en el refrigerador de casa, y que su mujer había adherido allí. El día en que Bruno descubrió esa sentencia, se preguntó si no llevaban viviendo ya demasiado tiempo en Estados Unidos y si no terminarían como sus amigos estadounidenses, comprando libros de autoayuda para soportarse mutuamente y aprender a envejecer juntos.

Dejó pasar el día sin salir de casa. Acariciaba la idea de llamar a su hija y preguntarle si sabía algo de Fabiana, lo que descartaba después para no inquietarla innecesariamente. Pensó que lo mejor sería viajar a Antigua de los Caballeros, ubicar a su mujer y convencerla de que volviese, pero después se dijo que tal vez era preferible concederle la tregua que reclamaba y aguardar a que retornase cuando lo estimara pertinente. Tenía que confiar en que ella no echaría por la borda los años de vida en pareja ni los proyectos compartidos, ni menos el sueño de envejecer juntos ahora que su hija era prácticamente independiente. Porque, para ser justos, habían disfrutado de un matrimonio feliz, aunque él hubiese incurrido, años atrás, en una aventura que estuvo a punto de hacerlo naufragar, error que le fue perdonado y que, curiosamente, permitió fraguar nuevos planes y desenterrar la pasión de antaño. Sí, tras el perdón de Fabiana, él había vuelto a explorar en la academia la historia de las utopías y del infierno, a describir cómo el continente americano había emergido ante los ojos de la Europa renacentista envuelto en relumbrones utópicos que habían conducido a pesadillas colectivas, y a hacer el amor con su esposa de forma inusitadamente entusiasta. Tras el perdón había logrado releer con fruición a sus autores favoritos, escuchar a Webster y Hawkins, y pasar horas en los cafés y bibliotecas de la ciudad.

Volvió a su cuarto y se recostó en la cama temiendo que Fabiana hubiese caído en los brazos de un seductor. Asoció esa posibilidad con el enigmático llamado telefónico de aquella noche, pero no tardó en preguntarse si su mujer dispondría en verdad de la energía y el coraje para comenzar una nueva relación a esas alturas. Después de los cuarenta reiniciar la vida no es empresa fácil, pensó escuchando el tictac del reloj de pie en el primer piso. ¿Habrá encontrado a alguien? Una aventura, un *Seitensprung*, como lo llaman los alemanes subrayando el carácter lateral y temporal del asunto. ¿Sería Fabiana capaz de algo semejante? Le pareció improbable, porque ella, en medio de la crisis gatillada años atrás por su infidelidad, una y otra vez le había preguntado sollozando lo mismo:

—¿Qué es, entonces, el amor para un hombre? Porque para una mujer es la entrega total, sin condiciones ni excepciones, una decisión que no separa el sexo del amor.

No se había atrevido a responderle o, mejor dicho, no había querido responderle porque estaba convencido de que entre un hombre y una mujer había temas, temas como ese, que no convenía abordar, menos en circunstancias semejantes. Se quedó dormido, aún en pijama, sin haberse duchado ni afeitado. Lo despertaron los rayos de sol que comenzaban a caer en diagonal sobre la pradera. Llamó de nuevo al Casa Santo Domingo y pidió que lo comunicaran con su mujer.

—¿Fabiana de Garza, dice usted? –preguntó la telefonista.

—Efectivamente.

Calculó que debían ser alrededor de las seis de la tarde en Antigua de los Caballeros.

—Lo siento, señor –dijo al cabo de unos instantes la telefonista–, pero la señora de Garza se retiró hace días del hotel.

3

Cuando Bruno Garza despertó, el sol asomaba por entre los abedules. Las tabletas de diazepam de la tarde anterior lo habían sumergido en un sueño profundo. Estaba envuelto en un sopor pegajoso, como si el aire acondicionado no hubiese funcionado durante la noche. Fue a su estudio, chequeó el computador en busca de alguna señal de su mujer y después, frustrado, llamó a su hija a Nueva York. Tenía que contarle, de una vez por todas, que Fabiana se negaba a regresar y que había desaparecido del hotel en Antigua de los Caballeros. Pero sólo pudo escuchar la voz de Carolina en el contestador automático, y lo mismo le ocurrió en su celular.

Dejó grabado un mensaje pidiendo que lo llamara cuanto antes. Se preparó un café con leche en la cocina y examinó diarios electrónicos de Centroamérica. Experimentó alivio al no encontrar el nombre de su mujer entre las personas asesinadas, asaltadas o accidentadas allá durante la jornada anterior. Claro, no era eso un consuelo verdadero, pues los diarios siempre están atrasados con respecto a lo acaecido, se dijo mirando hacia el Iowa, que fluía reflejando la línea de árboles de ambas orillas. Llamó a American Airlines para averiguar si Fabiana había hecho alguna nueva reserva.

—Lo siento, señor –le respondieron–, no entregamos información sin la clave del pasajero.

No la tenía y cortó malhumorado. Sólo le quedaba esperar a que su mujer le escribiera o regresara. Se dio entonces a la tarea de reconstruir mentalmente los últimos días con Fabiana, de evocar sus actos y palabras postreras, pero no encontró indicio alguno que sugiriese que ella planeaba dejarlo. La última noche habían cenado en el Motley Cow, pequeño y sofisticado restaurante del centro de la ciudad, donde ordenaron cordero al horno, una botella shiraz del valle de Napa y después, ya algo mareados, salieron a la calle calurosa y húmeda, donde parejas de estudiantes se besaban. Cruzaron el puente sobre el Iowa en dirección a la casa. Recordaba que habían hecho el amor sobre el sofá del living con parsimonia y delicadeza, en silencio, bañados sus cuerpos por el resplandor de la luna que se filtraba por el ventanal, y luego se habían dormido escuchando uno de los conciertos favoritos de Fabiana: el opus 61, para violín y orquesta, interpretado por Anne Sophie Mutter y dirigido por Kurt Masur.

No logró detectar en la conducta de Fabiana antes del viaje nada que delatara su propósito. Cerca de mediodía, y como era su costumbre, Bruno se dirigió al centro de la ciudad imaginando que el tiempo corría a favor suyo, que la separación haría trastabillar y regresar a su mujer. Entró al Café-librería Prairie Lights, donde Brian Freire preparaba el mejor *macchiato* del mundo, y bebió uno leyendo el editorial del *New York Times*, que criticaba la invasión de Irak. Media hora más tarde, tras chequear el correo electrónico en la biblioteca central de la universidad, seleccionó en la pantalla algunos libros de Cioran, Eagleton y Said para el próximo curso, aunque sin apartar su preocupación. ¿Y si Fabiana no llamaba porque le había ocurrido algo grave? Mal que mal, Antigua de los Caballeros quedaba en las cercanías de la capital, una ciudad de muchos robos y secuestros. Si la desaparición de Fabiana terminaba debiéndose a algún accidente, jamás se perdonaría no haber dado la alarma en el momento preciso, y haber mantenido esa parsimonia tan propia de él, esa suerte de indiferencia altanera que, en ocasiones, lo irritaba, pero contra la cual no podía o no sabía sublevarse. Admitió que quizás le convenía esperar a que las cosas se decantasen. Dramas semejantes ocurrían a menudo en muchos matrimonios: una esposa que buscaba refugio donde la amiga, un marido que desaparecía por varios días consecutivos, y al final una pareja que remontaba la crisis y sólo brindaba material para un delicioso cotilleo entre las amistades. Por ello no valía la pena alarmarse demasiado.

¿Y si Fabiana había encontrado un amante?, se preguntó con escalofrío en la espalda. El ascensor se detuvo en el cuarto piso de la biblioteca. Lo recibió un largo pasillo alfombrado, de paredes grises, completamente vacío y silencioso. No podía descartar esa posibilidad, se dijo, y reconoció que la suposición le causaba desconcierto y dolor al mismo tiempo. Sería terrible si ella lo dejaba por otro, pensó, un drama y una vejación ante amigos y colegas. Quizás lo prudente era no alarmar a nadie, se repitió, pero no pudo desprenderse de la idea de que enfrentaría problemas serios si Fabiana desaparecía definitivamente y quedaba de manifiesto su tardanza en denunciar el asunto a la policía. ¿Cómo explicaría entonces su indolencia ante la desaparición de su esposa? No pudo encontrar los textos, así que ingresó al salón para graduados, y ocupó un sofá junto a un ventanal que enmarcaba el hospital de la universidad. Llamó a Paul Lecoq, su amigo cirujano, quien se había labrado una fortuna acortando el tubo digestivo a los obesos del Midwest, un ser que no envejecía gracias a su decisión, tomada veinte años atrás, de no leer ni escuchar noticias. Vivía en un presente eterno, en una burbuja conformada por su casa neovictoriana, ubicada en una amplia avenida de Pleasant Heights, su consulta en la clínica de la cual era socio y el condominio donde vacacionaba en Hawaii. De política sólo le interesaban las iniciativas municipales y los debates sobre impuestos. Era un ser aparentemente neutral, que a Bruno le recordaba esas almas de *La Divina Comedia* que permanecen en el limbo porque vivieron «sin virtud en la tierra y sin delito; / que a los ángeles luego aquí se unieron / que no fueron traidores ni leales / a Dios, mas sólo por sí propios fueron».

—¿Tienes tiempo? –le preguntó cuando la secretaria puso a Paul al teléfono–. Necesito consultarte algo delicado.

—Esta semana está complicada. ¿Qué tal si cenamos el próximo lunes?

Cortó decepcionado y llamó a Rubén Arteaga Molero, profesor de literatura comparada, especialista en la representación de la ambigüedad en la novela del Cono Sur. Sin duda era la persona idónea, ya que años atrás, durante su divorcio, le había pedido consejo. Sin embargo, el contestador automático le informó que Arteaga Molero enseñaba ese verano en un *college* del estado de Vermont, y que no volvería hasta agosto. Pensó, por lo tanto, bastante desolado, en llamar a un teléfono 800, de esos en los que un psicólogo intenta convencer a suicidas potenciales de que no atenten contra su vida, pero sabía que el suyo no era un caso de emergencia y que ningún desconocido podría ayudarlo. Volvió deprimido a casa, pensando que si como profesional le resultaba estimulante vivir en Estados Unidos, como persona el precio le resultaba excesivo: una soledad pasmosa, inimaginable en el sur del continente. Así y todo, el mito de ese país seguía brillando e ilusionando a colegas del sur que soñaban con alcanzar las universidades del imperio. En casa halló un mensaje telefónico de su hija y la llamó de inmediato.

4

Sintió alivio al escuchar la voz de su hija. Estaba en el pequeño departamento del Greenwich Village que alquilaba con Paolo, su novio, un estudiante de oftalmología. Carolina llevaba tres años en Nueva York y, pese al temor que sentían muchos de sus habitantes ante un nuevo atentado terrorista, a ella le fascinaba el ambiente cosmopolita de la ciudad y no pensaba abandonarla, asunto que él, preocupado por la política de Washington en el Oriente Medio, le había sugerido. El 11 de septiembre del 2001, Carolina vivía aún en la casa junto al río, y Bruno suponía que su solidaridad con Nueva York, nacida el día de los atentados, la había impulsado a estudiar allá. Era una suerte que su hija se hubiese emparejado con un tipo responsable como Paolo, hijo de inmigrantes italianos avecindados en Chicago, y que ambos dispusiesen de una vivienda cómoda y de alquiler razonable cerca del Washington Square.

—¿Qué ocurre, papá?

—Estoy mal –dijo Bruno.

—¿Y eso?

—Tu madre me abandonó.

Carolina soltó un resoplido, guardó silencio por unos segundos y luego dijo que no podía creerlo, que no podía ser verdad, que a lo sumo se trataba de algo pasajero, de una crisis temporal de Fabiana, lo que indujo a Bruno a suponer que su hija sólo fingía ignorar el asunto. Él sabía perfectamente que madre e hija mantenían una relación estrecha, de conversaciones telefónicas largas y frecuentes, de las cuales él permanecía marginado. En esos momentos no había secretos entre madre e hija, de eso estaba seguro, y por lo tanto era imposible que Carolina ignorase lo que estaba ocurriendo. Además, ella no llamaba a casa desde la partida de Fabiana, lo que sugería que estaba al tanto del viaje a Centroamérica.

—¿Y dices que dejó su hotel en Antigua de los Caballeros? –preguntó Carolina.

—Es lo que me dijeron. Y me envió un mensaje electrónico instruyéndome que no la buscara, que me olvidase de ella.

—Tal vez regresó a Estados Unidos…

Bruno se imaginó a Fabiana volando hacia el Midwest vía Miami. Pero era improbable, ella detestaba esa ciudad desde que había descubierto que la esposa cubana de un predicador evangélico, amante suya de la época de la gran crisis, residía allí. Aunque tal vez su hija tenía razón, y Fabiana descansaba unos días en un hotel del Ocean Drive, a pesar de lo agitada que estaba ahora esa zona turística. O bien de Key West, donde tiempo atrás habían pasado una semana muy grata en una cabaña construida entre majaguas de troncos añosos y lianas que se enraizaban en la tierra húmeda, oscura y fragante.

—Me habría avisado si estuviese ya de regreso –dijo Bruno y se recostó en el sillón. Ver el río desde allí lo calmaba, lo imbuía de la sensación de que al final todo pasaba, como esas aguas–. Escúchame: Fabiana no va a volver, ella siempre habla en serio. Me dijo que quería encontrarse a sí misma. ¿Entiendes eso?

—No mucho. Ella siempre ha dicho que la vida no consiste en buscarse a sí misma sino en hacerse a sí misma.

—Ya ves. No volverá.

Carolina se parapetó de nuevo en el silencio, Bruno hubiese dado cualquier cosa por saber qué pensaba. Era una muchacha discreta e inteligente, como su madre, y seguramente ya tenía explicación para lo ocurrido. Pero aunque lograba intuir y desentrañar con facilidad los motivos de los demás, era diestra en ocultar sus sentimientos.

—Dime una cosa –le preguntó–, ¿sabías que tu madre planeaba dejarme?

—No hay nadie que no haya pensado alguna vez en dejar a su pareja, papá. Quien no lo haya pensado es porque no ama.

—Pero de ahí a hacerlo…

—Creo que mamá necesita tal vez un tiempo lejos de ti para pensar.

—Hubiese sido mejor que pensara en casa.

—No es lo mismo.

—¿Por qué no? Aquí tiene su cuarto, su living y su estudio, y su tranquilidad. Además, aquí están su ciudad y su marido.

—Estar lejos la ayuda quizás a imaginar cómo sería la vida sin ti…

—¿Qué estás diciendo? –reclamó Bruno y, mientras lo hacía, recordó que Carolina había tenido una niñera de Sri Lanka, una budista joven y dulce, que se había encargado de ella cuando niña, y que seguramente le había transmitido ese modo desapasionado de llegar al quid de las cosas. Se preguntó qué sería de Yasmina, que había retornado a Sri Lanka después de que el novio, a quien había entregado su virginidad, la dejara. ¿Qué sería de ella? ¿Logró casarse, o terminó repudiada en su pueblo por haberse acostado con un hombre sin estar casada?

—Papá, no debes confundir un matrimonio con su felicidad. Por lo general, el matrimonio dura más que las causas que lo motivan.

—Eso lo sé, hija.

—Entonces no te alarmes.

—¿Sabías que Fabiana estaba harta de mí? ¿Lo sabías o no?

—Pensé que ustedes estaban mal por uno que otro comentario suyo, pero nunca imaginé que el asunto fuese tan grave.

—¿Qué comentarios te hizo ella? –Lo descorazonaba comprobar que su mujer hablaba con Carolina sobre aspectos delicados del matrimonio y que él lo ignorara.

—Sería incómodo hablar de eso al teléfono. Papá, ¿por qué no vienes, mejor?

Lo pensó un instante y luego dijo:

—Voy a reservar vuelo para Centroamérica con escala en Nueva York. Tal vez con lo que tú sabes pueda encontrar a Fabiana y convencerla de que vuelva.

5

Una van de Airport Express se detuvo a la mañana siguiente ante la casa junto al río. Bruno colocó cerca de la puerta la caja en que Bill, el cartero, depositaría la correspondencia de los próximos días, y abordó el vehículo cargando sólo un maletín de mano. Pasadas las diez de la mañana la nave a hélice despegaba del pequeño aeropuerto, situado entre maizales que se perdían en la línea del horizonte, y enrumbó hacia Chicago, donde Bruno tomaría el Boeing con destino a Nueva York.

Había dejado a medias la preparación del curso sobre historia del infierno y un breve ensayo sobre la utopía que elaboraba para una prestigiosa revista de Boston, resignado ya a la idea de que no recibiría mensajes de su mujer y que no volvería a verla desempacando la maleta en el hall de entrada. Pero seguro su hija lo ayudaría, pensó en la van mientras el conductor, un viejo de jeans y gorrita verde con el logotipo de John Deere, afirmaba que aquel verano era el más caluroso que le había tocado en su vida. Cuando terminara el artículo, generaría respuestas en revistas especializadas, supuso Bruno. Allí hacía una referencia a *La Odisea,* el primer texto antiutópico por excelencia, puesto que Ulises se había dedicado a recuperar lo que le correspondía, desentendiéndose de los paraísos que le prometían dioses y reyes a través de mujeres apasionadas como Calypso y Circe. A diferencia de los utópicos, que construían mundos de ensueño, el héroe de Ítaca anhelaba simplemente lo suyo: su isla, el trono, a su mujer y su hijo Telémaco. ¿Qué dirían sus colegas norteamericanos sobre un artículo de tono pesimista elaborado por un latinoamericano, que orillaba los cincuenta y responsabilizaba en gran medida a las utopías políticas del atraso del Tercer Mundo? Prefirió no seguir especulando al respecto, el mensaje de Fabiana giraba en su cabeza atormentándolo, suscitándole suspicacias y dolor.

Supuso que la decisión de su mujer podía haber sido causada por el recuerdo de su aventura de hace tres años con una alumna de la India, que ya no vivía en la ciudad. Pero aquello, según recordaba, ya estaba perdonado, sepultado en un horizonte lejano e irrelevante, convertido en un accidente lamentable en momentos en que el matrimonio atravesaba por una crisis, agravada por una depresión de Fabiana, que se expresaba en apatía y ausencia de pasión, en un enclaustramiento en el dormitorio a oscuras, donde permanecía en estado de somnolencia, como muerta. ¿O es que la infidelidad suya, para él ya definitivamente enterrada en el pasado, no había sido olvidada aún por ella?

Esa historia con una mujer quince años menor, que para él había sido una aventura sin más propósito que gozar el exotismo y la juventud de la estudiante, en cuyo cuerpo el tiempo aún no esculpía sus inclemencias, no había significado nada importante para él. Aquellas citas clandestinas en un hotel de la ciudad con la esposa de un empresario de San Francisco, para él habían sido un intento por ralentizar el avance de sus años, un modo de sentirse joven, de nutrirse de la savia de la mujer de grandes ojos marrones, cuerpo espigado y piel color café, de creer que había una forma de derrotar la irrupción de la vejez que ya comenzaba a hostigarlo. La hindú había sucumbido ante su prestigio académico, del que carecían sus compañeros de curso, y ante su trato afectuoso y sensible, que no le prodigaba el marido, cuarenta años mayor que ella, y con quien se había casado obligada por un arreglo entre él y sus padres de Calcuta. ¿Era posible que Fabiana aún no pudiese olvidar esa historia, que no entendiera la irrelevancia de una aventura que había tenido lugar en momentos en que ella habitaba un pozo profundo, como un alma en pena, como las sombras de las que hablaba Dante Alighieri?

Bajó de la van y arrastró por el aeropuerto el maletín de ruedas hacia el *counter*, realizó el *check in* y se dirigió al control de seguridad. Tal vez sólo quedaba el perdón en el matrimonio, pensó mientras se sacaba los zapatos y los colocaba junto con su chaqueta de lino en un recipiente plástico para el examen de rayos X. Uno era como Ulises: a lo largo de la vida podía gozar el placer que le deparaban otras mujeres, aunque sin dejar de amar a su propia Penélope, algo que Fabiana no entendería jamás, pues le parecía una puñalada por la espalda, pero que sus amigos, los de Bruno, celebraban cuando se reunían en confianza. ¿Cómo podía separar el amor del sexo?, le había preguntado Fabiana en aquellos días sórdidos en que el matrimonio, a causa de la hindú, hacía agua. ¿Cómo puedes haberme dicho que me querías y acostarte al mismo tiempo con otra? Ella, Fabiana, no podría hacer algo así. Si amaba, no podría ser tan baja ni cruel.

Recorrió con la mirada el pasillo del aeropuerto, donde resonaba música *country* y flotaba el aroma a café y revistas recién impresas. ¿Fabiana no había separado nunca el amor del sexo en su vida? Las mujeres tenían que hacerlo en algún momento, pensó, puesto que los hombres también solían ser infieles con mujeres casadas o comprometidas. No podía ser que cada vez que un hombre se proponía disfrutar sólo del sexo, sin sentimientos ni afectos, es decir, gozar del erotismo puro, encontrase una mujer que accedía a la relación plenamente enamorada, concibiendo el amor y el sexo como asuntos inseparables. ¿Significaba acaso que Fabiana había estado enamorada de todos los hombres con los cuales se había acostado en su vida? Entró a un local, ordenó un *macchiato*, que jamás alcanzaría el equilibrio entre el café espeso y la espuma bien batida que ofrecía el Prairie Lights, y se dijo que no entendía a Fabiana, porque él sí podía, como Ulises en el mar Egeo, separar la carne del amor y seguir navegando en busca de Penélope.

6

Mientras contemplaba las granjas de la pradera, divididas en rectángulos de deslindes precisos, se apoderó de Bruno Garza la desalentadora impresión de que, pese a los años de matrimonio, era poco lo que sabía de su mujer. Y esto no era culpa de Fabiana, quien con frecuencia le narraba fragmentos de su pasado, que iban tejiendo, como retazos, el gran tapiz de su vida, sino culpa suya, de él, porque nunca había sabido escuchar a su mujer con la atención que ella se merecía. Y, si la había escuchado, esos relatos no se habían afincado en su memoria.

Recordó reproches de Fabiana. Ella sentía que le hablaba a una pared o, más bien, a un ser ensimismado, sólo interesado en sus propios asuntos. Y ahora que observaba a través de la ventanilla del avión aquella zona en que había vivido tanto tiempo, sin haberse tomado jamás la molestia de explorarla más allá de los límites de la ciudad, atribulado por las clases que impartía, la entrega puntual de ensayos con plazos estrictos y las conferencias a las que lo invitaban *colleges* distantes, ahora que no le quedaba sino admitir que Fabiana era para él más bien una imagen borrosa, una voz y unos gestos, un sentimiento grato y triste; tenía que reconocer que su mujer comenzaba a tornársele difusa como las pinturas de Turner, como si ella fuese un fantasma que desdibujase el alba. Tan poco lo que sabía de su mujer, se lamentó, que ahora que ella desaparecía de su vida dejándole sólo evocaciones, era como si lo hubiese despojado de los álbumes fotográficos de la familia. De pronto tuvo la sensación de que encontraría más fácilmente a Fabiana si la buscaba primero en sus propios recuerdos sobre ella, en lugar de hacerlo en los sitios físicos donde ella podría haberse refugiado.

Tal vez debería entenderla tal como ella se presentaba ahora a sí misma mediante el acto de desaparecer. Esa era su forma de exigir ser vista e interpretada, concluyó Bruno, y por ello necesitaba rescatar de su memoria la historia personal de ella, una historia que Fabiana le había contado fragmentadamente, pero a la cual él jamás le había prestado atención, como si fuese a disponer para siempre de su mujer a su lado. En rigor, se había esmerado en escucharla sólo al comienzo de la relación, cuando pasaron un mes de veraneo apasionado en la remota ensenada de Keratokambos, en la costa sur de la isla de Creta. Allí Fabiana le había confesado algunos de sus recuerdos más íntimos, después de hacer el amor en el cuarto de la Pensión Odiseo, mientras admiraban el mar de Libia a la hora del crepúsculo. La playa desierta, los muros encalados de la iglesia ortodoxa, la taberna bajo un parrón de uva, su gente modesta y afable, parecían pertenecerles entonces por completo.

Fabiana había perdido a sus padres cuando niña, lo que nunca había superado, recordó Bruno, mientras la nave trazaba un círculo amplio sobre Chicago perdiendo altura, brindándole en lontananza la línea de rascacielos que refulgían impecables frente al lago Michigan. Por mucho tiempo Fabiana creyó haber superado esa tragedia, pero más tarde tuvo que admitir que, en lo referente a su madre, había aún desgarradoras cuentas del alma pendientes. Al momento de morir, el padre de Fabiana administraba varias fincas cafetaleras del abuelo, productoras del preciado café arábica, de altura, tierras que un día él heredaría. Su madre, con la ayuda de indígenas, llevaba la casa y se ocupaba de los tres hijos pequeños, uno de los cuales, Alberto, sufría de retraso mental agudo. En un país donde la mayoría de la población, integrada por ladinos y mayas, era pobre y analfabeta, ellos pertenecían al círculo de las cien familias dueñas de la república y daban por sentado que tenían el futuro en sus manos.

Algo inesperado modificó, sin embargo, de raíz y para siempre la vida de Fabiana. Ocurrió un mediodía, cuando ella tenía once años y estaba sentada a la mesa con sus hermanos y su madre para almorzar en la finca donde vivían, cerca de la capital. Fabiana recordaba aquello como si acabara de ocurrir: las ventanas abiertas al cielo azul de mediodía, la gran mesa de caoba dispuesta por las empleadas indígenas, alrededor los hermanos, la madre ocupando una cabecera, la otra vacía a la espera del padre, quien esa mañana visitaba en su avioneta una finca distante. Más allá de las ventanas, recordaba su mujer, se extendía el jardín con agapantos, rosales y vicarias, y en la distancia, bajo un cielo arrebolado, descollaban las gravileas brindando sombra a las matas de café.

Berta se asomó en el umbral y le anunció a la madre de Fabiana que la buscaban.

—¿Quién? –preguntó Alma.

—Una pareja elegante, señora. La dama lleva sombrero y el caballero traje y corbata.

Alma, entonces de treinta años, de pelo negro, rasgos aguzados y ojos melancólicos, se levantó de la mesa y se dirigió a la sala de recibo. Fabiana, impulsada por un sexto sentido que nunca la abandonaría, siguió a su madre en puntillas y se ocultó entre el cortinaje de una ventana, sospechando que algo irreversible había ocurrido. Desde allí espió a los visitantes que aguardaban junto a la puerta.

—¿Sí? –preguntó Alma.

—Señora –dijo la mujer. Llevaba falda plisada, blusa negra y un sombrero con cinta–. Disculpe, pero vinimos a ofrecerle el servicio más expedito y las mejores condiciones de pago para el funeral de su esposo…

—¿Qué me está usted diciendo? –exclamó Alma y se llevó una mano crispada al pecho. A través de los velos Fabiana vio que su madre se sentaba en un sillón con el rostro desencajado–. ¿Qué me está usted diciendo?

Los visitantes se miraron desconcertados. Afuera cantaban los pájaros, y desde el comedor llegaban las voces agitadas de los niños, como si la vida siguiese igual. Berta observaba desde un rincón del recibo con las manos enlazadas, sin darse cuenta que Fabiana espiaba todo cuanto ocurría desde el cortinaje.

—Disculpe, señora, pensamos que ya sabía la infausta noticia –dijo el hombre retrocediendo, con su sombrero entre las manos–. La avioneta cayó esta mañana a tierra, cerca de la capital…

Fabiana jamás podría recordar con exactitud qué ocurrió después de aquella escena que ella no acertaba a comprender del todo, ni cómo salió de entre las cortinas, ni lo que les contó su madre más tarde, porque en su memoria las vivencias se precipitaban vertiginosas: el sorpresivo encierro de los hermanos en el cuarto de la costura, un espacio amplio, azumagado y lóbrego, situado en el patio trasero de la casona, donde Berta trató de entretenerlos; la aparición atropellada en casa de los tíos, los trámites a la carrera, cajones que se abrían, puertas que se cerraban. Y, después, durante la misa en una iglesia de la capital, la aseveración del cura de que su padre se hallaba en el cielo junto a Dios. Recordaba Fabiana que entonces la vida se había tornado triste, opaca y silenciosa, y que ella nunca había dejado de soñar que su padre, vistiendo la chaqueta de cuero con que se había marchado la última mañana, franqueaba un día el umbral de la casa de la finca, le sonreía dulcemente con sus ojos moros y la alzaba en brazos besándola en las mejillas.

7

Sólo muchos años después, cuando ya estaba casada y Carolina era adolescente, me atreví a indagar las causas de la caída de la avioneta. Hasta ese momento no había reunido el coraje suficiente para conocer los detalles de la verdad, porque eso implicaba reeditar la muerte de mi padre, alargar su agonía solitaria en la nave, volver a hacerlo morir. Una mañana le avisé a Bruno a la oficina que no aguantaba más y que tomaría ese mismo día un avión a Centroamérica vía Fort Worth para explorar en la Biblioteca Nacional los diarios de la época. Estaba cansada de esquivar la verdad, y tuve la convicción de que investigar ese pasado, que era mi pasado y también la explicación de mi presente, me acercaría a mi padre, me permitiría amarlo sin restricciones y librarme de las pesadillas que a veces me obsesionaban, y en las cuales lo veía en la cabina tratando de recobrar angustiado el control sobre la nave que se precipitaba a tierra.

En la capital ya nadie recordaba nada a ciencia cierta. Algunos familiares aseveraban que la avioneta había sufrido un desperfecto mecánico, otros que mi padre se había desvanecido porque no había desayunado esa mañana, y el tío Constantino, su hermano mayor, dijo que Gabriel simplemente había perdido la orientación en un sorpresivo frente nuboso, que se formaba al sur de la capital en las mañanas de calor. No me atreví, sin embargo, a consultar los diarios de la Biblioteca Nacional, y desde entonces la muerte quedó para mí como algo vago e inesperado, que te aguarda en un recodo para amputarte las alas de la felicidad. Desde entonces la muerte ha sido una compañera inseparable de todo cuanto hacía, dispuesta siempre a lanzar un zarpazo letal al más desprevenido. Lo que para Bruno, cuyos padres fa-

llecieron a edad avanzada, después de una vida larga, dichosa y sana, constituían evocaciones de un hogar sólido y protector, para mí eran imágenes tristes, deseos abortados, soledades. Lo que para él ha sido un padre de carne y hueso, difícil a veces de entender porque se dedicaba en exceso a su trabajo y regresaba tarde a casa, aunque siempre estaba ubicable a través del teléfono, para mí no ha sido más que un fantasma con un nombre, el relato de los demás sobre él o, mejor dicho, una imagen que se disipó abruptamente cuando lo vi marcharse de casa presuroso, llevando su chaqueta de cuero y un maletín con los jornales de los cosechadores de café.

—Su muerte frustró mi relación con los hombres —recuerdo que le confesé un día a Bruno, cuando recién estábamos conociéndonos y caminábamos por el Boston antiguo. No es que su desaparición me hubiese incapacitado para amar, pero de alguna forma me despojó de la experiencia con el padre que necesitan las niñas para crecer.

Así como recuerdo mi confesión, no recuerdo la respuesta de Bruno, la que tal vez se trastocó en silencio respetuoso, encogimiento de hombros o sonrisa conmiserativa. Lo que sí recojo con la red de la memoria son momentos con él en la calle, en algún restaurante de ambiente impreciso, o en casa, momentos en que no prestaba atención a mis relatos, en que permanecía concentrado en lo suyo, en sus clases, investigaciones y conferencias académicas, momentos en que él no entendía mi necesidad de explorar mi pasado para ordenarlo y tratar de ser auténticamente feliz.

8

Bruno salió presuroso del avión en el aeropuerto de O'Hare y echó a correr por los pasillos para no perder la combinación a Nueva York. Fue el último pasajero en entrar a la nave, cosa que la aeromoza premió pasándolo a clase ejecutiva. Las cosas parecían desarrollarse en la dirección correcta ahora que había decidido ir en busca de su mujer, pensó. Además, la sola perspectiva de conversar tranquilo en Nueva York con su hija, quien parecía estar más enterada de la crisis que él mismo, le indujo a suponer que podría reunir argumentos para traer a Fabiana de vuelta a casa.

Pero ahora que el Boeing 757 despegaba con su imponente zumbido de turbinas y se elevaba por sobre Chicago y el lago Michigan buscando el sur, Bruno sintió que estaba en condiciones de manejar mejor la situación que desde la casa junto al río o un café de su ciudad. Percibía asimismo que en su alma se iba incubando un resentimiento contra Fabiana, contra la maquinación traicionera, la desaparición inesperada, la simulación durante sus últimos días en el Midwest. Aunque ella regresase, ya nada sería igual, se dijo, su mensaje había aniquilado su confianza en ella. Quizás no debía ser tan severo, supuso mientras la aeromoza le servía una bandeja con un mezquino trozo de filete y ensalada, y le escanciaba un cabernet sauvignon californiano en un vaso plástico. No debía enjuiciar de modo tan estricto la actitud de Fabiana, se repitió sorbiendo el vino. Él había cometido demasiados errores graves en los últimos años, no podía esperar el perdón eterno, y debía aceptar la eventualidad de que su mujer jamás se recuperase por completo de la pérdida del padre.

Ahora lamentaba no haber prestado atención a tantas palabras de Fabiana, y por ello sus evocaciones en torno a ella se desperfilaban hasta dejar en su memoria sólo hilachas, bancos de niebla como los que encallaban frente a su ciudad natal del Pacífico, en ciertas mañanas del verano. Y aquello, se dijo, no obedecía a su egoísmo, sino a que había supuesto que las palabras no eran nada más que palabras, y que ellos, Fabiana y él, estarían juntos para siempre, de modo que con el tiempo los relatos de su esposa pasarían a formar parte suya a través de una suerte de ósmosis. Obviamente no había sido así, y si alguien le hubiese solicitado en el avión una biografía apretada de su mujer, habría tenido que admitir que no era mucho lo que podía contar de ella, que ignoraba, por ejemplo, los nombres completos de sus abuelos y tíos, las ciudades donde había vivido, el aspecto de las casas y calles de su infancia, el apellido de sus novios y amigas de antes de conocerse, sus sueños íntimos, y sus telas y colores predilectos.

Y al reparar en eso pensó, con pavor, en la cantidad de pasado que desperdician los hombres al olvidar o no escuchar los relatos de sus mujeres, la infinitud de historias que forman el artesonado de una pareja y que, por lo general, el hombre no registra, ni transmite después a sus hijos o nietos. Es raro, pensó, en los textos religiosos y *La Divina Comedia,* el peor castigo en el infierno no lo representa el olvido, lo que a él, a Bruno, le parecía ahora atroz, sino la reiteración infinita de la tortura a la que las almas son sometidas, la repetición de gritos, quejidos, lamentos y blasfemias, que convierten el tiempo en una suerte de rueda de Chicago detenida per sécula en su mismo punto de apoyo. Curiosamente, el paraíso religioso y la utopía política también eran una reiteración interminable, en este caso de una vida henchida de virtud, prosperidad y bienaventuranza, sin pasado ni futuro, aburrida como sólo la eternidad podía serlo. Supuso que esa amnesia era un mecanismo de los hombres para alzarse como fortaleza, sin sensibilidad ni recuerdos, es decir una estrategia inconsciente para ser invulnerables en la vida. La memoria y la nostalgia, se dijo Bruno, debilitaban al hombre, o al menos así se lo habían hecho saber a él desde niño.

9

El ascensor de jaula subió chirriando y Bruno desembarcó en el piso de losas claras donde vivía su hija. El apartamento quedaba en el cuarto nivel de un antiguo edificio con portero negro, lámparas de araña y ventanas altas, en las inmediaciones de la Washington Square. Le gustaba ese tipo de construcción neoyorquina, sus pisos olían bien, como si acabasen de ser trapeados, y entre sus muros de ladrillo y puertas de madera flotaba una tranquilidad acogedora. A través de una ventana vio las copas de árboles frondosos y, más allá, la plaza con su gran arco de concreto.

Le hacía bien ir a Nueva York. Su diversidad racial y cultural, su cosmopolitismo auténtico y desenfadado lo hacían sentirse de inmediato uno más en una ciudad donde todos eran, en cierta forma, extranjeros, pero nunca foráneos, *aliens*. No había modo de ser *alien* allí, allí se estaba más en casa que en Santiago, Buenos Aires, Montevideo o Ciudad de México, pues todos pertenecían a Nueva York, todos allí eran *citizens*, todos habitaban allí un presente que los igualaba en el anonimato.

Tocó el timbre. No tardó en abrir la puerta el novio de Carolina. Paolo era un tipo simpático y comunicativo, que lo saludó con un beso en ambas mejillas y lo guió de inmediato al estudio, en el que Bruno solía dormir cuando los visitaba. Su única ventana daba a un patio interior estrecho y sombrío, con escaleras metálicas de escape, por el cual ascendían a ratos el aroma a especias y sofritos y un eco de idiomas diferentes. Bruno armó el sofá-cama con ayuda de Paolo, que debía salir en unos minutos, se cambió de camisa y se tendió a descansar.

¿Había sido feliz Carolina como su hija?, se preguntó cerrando los ojos, aspirando el olor a libros que impregnaba el cuarto. Era una interrogante que lo abrumaba. ¿Había sido un buen padre? La ausencia de Fabiana lo estaba empujando a un callejón donde lo aguardaban preguntas que evadía desde hace mucho. Él le había formulado esa pregunta años atrás a su hija, cuando ella asistía a la escuela y estaba lejos de la relativa independencia de que gozaba ahora. Con el tiempo se convenció de que había sido un error confrontarla con ese tema, porque no le brindaba otra posibilidad como no fuese afirmar que él era un gran *daddy* y que ella era muy feliz a su lado. ¿Qué otra cosa podía haber respondido?

Lo acongojó la idea de que tampoco había tomado suficientemente en serio a Carolina cuando niña, que no le había prestado la atención que se merecía, que había cometido el pecado de estar demasiado ensimismado en sus propios asuntos. ¿Era cierto lo que se planteaba ahora, o la ausencia de Fabiana había despertado en él una repentina sensación de culpabilidad? ¿Podía confiar en que estaba siendo justo consigo mismo? ¿Cuántas veces le había preguntado a Carolina con preocupación auténtica, no en tono de chanza ni como treta para romper silencios, acerca de sus problemas, sus amigas y los chicos que le gustaban o la ignoraban? Tal vez nunca había logrado crear con su hija espacios de comunicación y confianza para abordar temas más profundos que los circunstanciales. Estaba seguro que Fabiana y Carolina murmuraban a veces que él carecía de sentimientos, que no hablaba de su propia sensibilidad, sino de objetos y actividades, nunca de sí mismo. Ahora tenía la impresión de que todo le había salido mal, que de sus mejores intenciones estaba pavimentado su camino hacia el fracaso y que era tarde para reflotar esa nave averiada en la que él se había convertido.

En fin, pensó cogiendo de una mesita la foto en que Carolina y Paolo miraban a la cámara sonrientes, ataviados con gorro, traje térmico y anteojos, montados sobre esquís, en lo que debía haber sido su primer viaje juntos a la nieve.

—Bruno, ¿le apetece un té? –preguntó la voz de Paolo detrás de la puerta–. Tengo que volver a la clínica.

Abrió la puerta. Paolo portaba en una bandeja una taza de té y galletitas.

—¿Se la coloco sobre la mesa?

—Está bien –Bruno se sentó en el borde del sofá-cama y vio que Paolo llevaba jeans y una camiseta negra holgada que le sentaba. Pudo reprimir la incómoda idea de que ese joven hacía cada noche el amor con su hija. ¿Cómo la trataría? ¿Sería delicado y cariñoso con ella?–. ¿Cuándo vuelve Carolina? –preguntó.

—No regresará a casa tras el post-operatorio –dijo Paolo y sus ojos cafés examinaron el cuarto–. Me dijo que estará a las siete esperándolo en el Vittorio para cenar. Lo mejor ahora es que usted descanse, Bruno.

10

Carolina lo esperaba en una mesa junto a la ventana del Vittorio. Lo abrazó, besó y examinó su rostro con preocupación. Bruno no había pensado que la incertidumbre ya comenzaba a dejar huellas en su semblante. Ordenaron de entrada moules a la provenzal con una copa de blanco francés, y de fondo raviolis de espinaca con media botella de cabernet californiano. A Bruno le encantaba aquel sitio, limpio y bien iluminado, que había visitado antes con Fabiana, Carolina y Paolo. Era largo y estrecho, y su piso de madera auténtica. Las mesas se alineaban a lo largo de una muralla de ladrillos que se prolongaba hasta la cocina abierta.

—¿Más repuesto? —preguntó Carolina mientras esperaban la entrada.

Llevaba la cabellera recogida en cola de caballo, permitiendo que la frente emergiera despejada y sus ojos verdes brillaran con fuerza. Al igual que su madre, contagiaba de calma el lugar en que estaba.

—Algo dormí en el departamento —dijo Bruno—. Y tú, ¿cómo estás?

—Acabo de salir de clases, papá. Todo bien. Vi a Paolo un minuto en el hospital, me dijo que habías llegado con cara de sueño.

Sintió que los papeles se habían invertido. No era Carolina quien le causaba preocupación, sino él quien se la causaba a su hija, lo que lo incomodó. En todo caso, en medio del estrés por la desaparición de su mujer, la compañía de Carolina le reconfortaba. Ella le explicó que había intentado ubicar a su madre en el hotel de Antigua de los Caballeros diciendo que era un asunto de vida o muerte, pero el hotel no tenía información sobre el paradero de Fabiana ni sabía cómo averiguarlo.

—Me preocupa que pueda haber sido secuestrada –dijo Bruno dirigiendo una mirada a un grupo que ingresaba al Vittorio–. Tú sabes que así es Centroamérica...

—¿Secuestrada? –repitió Carolina–. ¿Y por quién? ¿Y para qué?

—¡Qué sé yo! Para pedirnos rescate, Carolina, todo es posible... Lo que comenzó como una locura de hija mal criada que deseaba encontrarse a sí misma lejos de casa, puede desembocar en tragedia.

Carolina esperó a que el mozo sirviera la entrada y después le dijo a Bruno que no debía acusar a su madre de nada de lo que después se arrepintiera, le recordó que el matrimonio, como ella sabía pese a vivir a millas de distancia, afrontaba turbulencias desde hacía tiempo por causas no develadas por su madre, pero que ella podía imaginar. Tal vez ahora Fabiana necesitaba permanecer un tiempo lejos de él, reposar en un hotel aislado, donde nadie la importunase, y donde pudiera reflexionar. La gente se detenía cada cierto tiempo ante los escombros de su existencia porque necesitaba contemplarlos y rescatar de ellos algún sentido para continuar viviendo. Conocía casos de mujeres, de madres abnegadas, dueñas de casa ejemplares, esposas irreprochables, que un día se marchaban a algún lugar para examinar esas ruinas, afirmó Carolina.

—Y para no volver más –agregó Bruno y bebió un sorbo de vino.

—A veces vuelven, a veces no vuelven –dijo Carolina con frialdad. Tenía veintitrés años, pero una madurez de treinta, pensó Bruno. Las muchachas con excelente relación con sus madres eran, por lo general, maduras, recordó. Además, ser hija de padres de distinta nacionalidad, educada en Estados Unidos y bilingüe, la había convertido en un ser especial, ajeno al *main stream* estadounidense, lo que tenía ventajas, como la posibilidad de analizar las cosas desde perspectivas diferentes.

—Por lo general no vuelven, y cuando vuelven, son otras –repuso Bruno fastidiado–. Y durante sus ausencias a veces los hombres encuentran a otra mujer.

—O ellas a otro hombre.

—¿Me estás provocando?

—Sólo trato de hacer un diagnóstico completo.

Guardaron silencio por unos instantes. De la calle se colaron bocinazos y gritos, del local el rumor de las conversaciones y el tintineo de cubiertos. Bruno sintió que estaba ante los escombros de su propio edificio. Era él quien andaba, después de todo, tratando de salvar el matrimonio, y Fabiana quien debía ocupar el banquillo de los acusados. No correspondía que él tuviese que dar explicaciones a su hija por una crisis causada por la madre.

—Aquí supongo que hay al menos responsabilidades compartidas –enfatizó Carolina–. Si no lo admiten, todo se hundirá y cada uno terminará su vida con otra persona.

Interpretó esas últimas palabras como crítica solapada a su papel como padre y marido. La posibilidad de que Fabiana encontrase a alguien lo inquietaba.

—¿Le perdonarías a mi madre si ella tuviese otro hombre? –preguntó Carolina de pronto.

—¿Qué quieres decir?

—Bueno, ¿cómo actuarías tú si ella estuviese ahora con un amante? Llevan más de veinte años casados, ella te ha sido siempre fiel...

Bruno dejó la cuchara en el plato, se limpió los labios con la servilleta y preguntó:

—¿Tú me estás lanzando indirectas? ¿Tiene tu madre acaso un amante?

—No, nada de eso, papá –Carolina miró hacia la calle. Afuera la gente comía bajo los quitasoles desplegados contra la noche tibia de Manhattan.

—¿Entonces por qué me mencionas eso?

—Porque es una posibilidad, papá, sólo una posibilidad.

11

*«Such is life in the lousy tropics!», solía exclamar mi abuela, en-
terrada ya hace tiempo en el mausoleo de mármol de la familia
Colón del Rosal, para referirse al frenesí que transforma a las personas de los trópicos en seres apasionados, coléricos, diferentes a
los de Europa y Estados Unidos. Jacinta del Rosal Singüenza, es-
pañola de nacimiento, de padre y madre ibéricos, sufrió toda su
vida en la Centroamérica de cielos azules y lluvias torrenciales,
donde el quetzal canta en la bruma mañanera que envuelve selvas, senderos y pueblitos indígenas. Que en los trópicos la gente
actúa de forma impulsiva e imprevisible me lo hizo ver ella durante las conversaciones que sosteníamos a la sombra del portal
de su casa contemplando los cafetales de la finca La Favorita,
que lindaba con los suburbios de la capital. En los trópicos, decía mi abuela, la vegetación retorcida y espesa, el aire húmedo y
la falta de ley habían contagiado desde la Conquista el seso de
los españoles.*

*Jacinta, y mejor le digo así porque de ese modo la siento más
cerca, como una amiga, como la amiga que fue y me enseñó a no
dejarme ningunear por los hombres, nació en abril de 1900 en la
luminosa Sevilla, en una familia andaluza bien, aunque algo
venida a menos poco después de que España perdiera Cuba, Puerto Rico y Filipinas a manos de Estados Unidos. Su familia se había visto obligada a aceptar que a su hija mayor la esposara
Abelardo Colón Ibarra, hijo de un finquero de la colonial ciudad
de Antigua de los Caballeros, en Centroamérica, adonde la llevó
para siempre. Jacinta no se opuso al matrimonio porque sabía
que su otra opción era terminar recluida como sor Juana Inés de
la Cruz en un convento, o permanecer en casa para vestir santos*

y cuidar a sus padres, pues sus hermanas menores ya se habían casado, aunque no con hombres tan ricos como el forastero de las Indias. En verdad, había aceptado el matrimonio en primer término porque sentía una inconfesable atracción por el cafetalero alto, delgado y trigueño, de bigote y gestos recios, machote resoluto y de pocas palabras, que sabe lo que quiere en la vida. Él había aparecido una mañana en su casa, mientras ella interpretaba una pieza de Chopin junto a la ventana, acompañada de su maestra francesa. Jacinta era una muchacha especial: tocaba el piano, dominaba las matemáticas como nadie, hablaba francés e inglés, cocinaba manjares deliciosos, tejía a punto crochet, no creía en Dios y desconfiaba de los curas, aunque fingía ser cristiana para no escandalizar a nadie. Pero lo más interesante era que se sentía capaz de competir de igual a igual, en conocimiento y habilidades, con el más pintado de los hombres, por ello soñaba con tener derecho a voz ante su futuro esposo y con titularse de abogada en una época en que escaseaban las mujeres profesionales.

—Allá será lo que usted quiera —le aseguró Abelardo, quien aún no era mi abuelo, con el sombrero panamá entre las manos, el primer día que hablaron a solas aprovechando que la chaperona buscaba otra partitura para Jacinta—. Allá, en Antigua de los Caballeros, la mujer de Abelardo Colón Ibarra será lo que quiera, porque mis fincas limitan con el mar y los países vecinos.

—¿Podré tener un piano allá? —preguntó Jacinta sin poder imaginarse lo que era atravesar el Atlántico e instalarse a vivir en las Indias.

—Podrá tener los que usted quiera, del color que desee y del tamaño que necesite.

Se casaron medio año más tarde en Sevilla, lo que le dio tiempo a los familiares de Colón Ibarra para llegar a Europa, instalarse en el hotel más lujoso de la ciudad y celebrar durante tres días las nupcias. Después la pareja se marchó de luna de miel a París, donde Jacinta había visto a Ernest Hemingway, Gertrude

Stein y John Dos Passos en los cafés de los Campos Elíseos, y visitado Berlín, Roma y Estambul. Corría el año 27 y obnubilados por las noches de amor, ninguno se dio cuenta que se avecinaba la crisis mundial de 1929, que sólo contribuyó a multiplicar la fortuna de Abelardo, pues no tenía acreedores, sino sólo deudores. Meses después, la pareja zarpó del puerto de Saint Malo hacia Panamá, y de allí se trasladó por selvas, lagos y lodazales hasta las inmediaciones del volcán del Agua, donde se hallaba una de las fincas de Colón Ibarra.

Mi abuela parió en Centroamérica tres varones, jamás pudo acceder a la universidad por la oposición sorda de su esposo, que desconfiaba de una mujer tan inteligente como ella, y tuvo que aguardar treinta años para que él le comprase el piano donde practicar sus melodías favoritas.

—Mentirosos, los hombres son todos unos mentirosos —me decía sentada al Steinway de cola, en el que sus dedos artríticos por la humedad tropical y la falta de ejercicio, se reencontraron con decenios de atraso con las composiciones de Ernesto Lecuona y Robert Schumann—. ¡Mentirosos y cochinos! Sólo si estás dispuesta a soportar sus mentiras y cochinadas, cásate. De lo contrario, no lo hagas, Fabiana. Te habla la voz de la experiencia, mi niña.

12

Un hombre de sienes blancas, apuesto y elegante, luciendo un traje de lino oscuro, esperaba a Bruno Garza en la puerta de la casa junto al río. Venía a contarle que amaba a Fabiana desde que la había conocido en Antigua de los Caballeros, y que ahora ambos residían allá, en una vieja casona de la Calle del Silencio, con patio interior, fuente y pilares de madera. La seriedad con que el desconocido le refería aquello clavándole sus ojos negros, hizo enmudecer a Bruno. Nunca habría imaginado que el matrimonio fuese a terminar así, desahuciado por el amante de su mujer en la propia puerta de su hogar del Midwest. Dudó por unos instantes entre hacerlo pasar al living o propinarle un puñetazo en pleno rostro, cuando sonó su celular y constató con alivio que soñaba en el departamento de su hija, a mil millas de casa. El corazón le dio un vuelco. Tuvo la certeza de que era Fabiana quien llamaba. Contestó esperanzado.

—¿Con el doctor Bruno Garza? –preguntó una voz de hombre.

—Sí, con él. ¿Quién habla?

—Disculpe. ¿Interrumpo?

—Dormía. Es de madrugada aquí.

—Lo siento, doctor Garza, el cambio de hora me confunde. Lo imaginé en su ciudad.

—¿Quién habla? –preguntó Bruno exasperado y encendió la lámpara de la mesita.

—El inspector Oliverio Duncan, de la policía civil sueca, aquí en Estocolmo. ¿Puedo robarle unos minutos?

A Bruno se le hizo un nudo en el estómago. La llamada a esa hora sólo podía significar lo peor con respecto a Fabiana.

—¿Qué ocurre, inspector? –se sentó en el sofá-cama y soltó un suspiro resignado.

—Usted es el doctor Bruno Garza y vive en Iowa City. ¿Cierto?

La ronca voz del policía sonaba tranquila, en un español de origen impreciso.

—Así es. ¿Puede decirme para qué me llama?

—Necesito saber si usted conoce a una mujer llamada Fulki, Fulki Manohar.

Bruno se estremeció al oír el nombre. Carraspeó mirando hacia la puerta del dormitorio, temeroso de que su hija escuchase la conversación desde su cuarto.

—Hace un par de años conocí a una mujer con ese nombre –admitió.

—La señora Manohar es originaria de la India, de Calcuta.

—Sí, fue alumna mía en la universidad –Bruno tragó saliva–. ¿Puedo saber por qué me consulta a esta hora?

Se produjo un silencio y Bruno tuvo la impresión de que Duncan apuntaba algo en un papel. Lo imaginó en una luminosa mañana de verano en Estocolmo, frente a un parque centenario y un canal con yates blancos.

—Discúlpeme, doctor Garza, ¿pero está usted ahora en su ciudad?

—En Nueva York, visitando a mi hija, inspector. ¿Qué ocurre con la señora Manohar? –preguntó Bruno recordando el rostro fino, la cabellera lisa y negra, el lunar en medio de la frente, y la figura esbelta de la estudiante que solía vestir sari durante el verano.

—Está desaparecida desde hace unos días –dijo el inspector con parsimonia.

Bruno estuvo a punto de ser dominado por el pánico.

—Lo lamento, ¿pero qué tiene que ver eso conmigo? –preguntó incómodo–. Ella vive en San Francisco. Años que no hablo con ella.

—Desapareció hace poco en Suecia. Andaba de turista.

—Ya le dije, no la he visto desde hace una eternidad.

—Entiendo, entiendo. Lo cierto es que lo llamo a esta hora sólo por un detalle: el último llamado del celular de Fulki Manohar fue dirigido al suyo, doctor Garza.

Recordó la llamada de hace unas noches, cuando había escuchado los tacones de zapatos de mujer sobre unas baldosas y el rumor de una ducha. ¿Había sido entonces Fulki Manohar, su ex alumna y ex amante, la exótica mujer casada con un hombre mucho mayor que ella, quien llamaba?

—No hablo con ella desde hace años, inspector.

—Sus aparatos estuvieron comunicados durante casi tres minutos. ¿No se dijeron nada en todo ese tiempo?

—Sólo recuerdo que hace unas noches recibí un llamado, pero nadie dijo nada...

A Bruno le pareció que el hombre seguía apuntando sus palabras con minuciosidad.

—¿Va a permanecer usted en Nueva York, doctor Garza?

—Sólo unos días más, tengo planeado visitar Centroamérica...

—¿Puedo saber con qué objeto?

Intuyó que si se lo revelaba se buscaría un problema. Que dos mujeres relacionadas sentimentalmente con él hubiesen desaparecido casi al mismo tiempo sólo podría acarrearle dificultades.

—Inspector –anunció–, tengo la mejor disposición para colaborar con la policía, pero al menos debo estar seguro de que estoy hablando con ella.

—Entiendo, entiendo –Duncan guardó silencio nuevamente–. Me imagino que usted seguirá ubicable bajo ese celular, ¿verdad?

—Efectivamente.

—Mire, creo que lo mejor para ambos será que conversemos personalmente en Nueva York. ¿Le parece? Tengo que reunirme en San Francisco con la familia Manohar, y de paso puedo hablar con usted. Dígame, ¿dónde le conviene que nos veamos?

—Ya le dije, estoy a punto de viajar...

—No se preocupe. Cuando yo esté al otro lado del charco, volveré a llamarlo. Apunte mi número por si acaso y no se preocupe, sólo necesito formularle unas preguntitas, doctor Garza. Que descanse.

13

A la mañana siguiente, mientras Carolina lo conducía hacia el aeropuerto John F. Kennedy, Bruno estuvo a punto de relatarle el llamado del inspector Duncan, pero no se atrevió por la misma razón por la cual no le había confesado su *affaire* con la estudiante hindú: lo avergonzaba explicar que se había enredado con una chica que, por su edad, podría perfectamente ser su hija. Se desplazaban por la carretera hacia el aeropuerto en medio de un enjambre de vehículos, a lo largo de bosques de abedules, bajo el cielo despejado, cuando Carolina, después de escuchar las noticias en la NPR, rompió el silencio:

—Hay algo que no te he contado con respecto a mamá.

Imaginó que se trataba de lo que había soñado en la víspera, que su madre tenía un amante y que su desaparición obedecía a que iba a reiniciar su vida lejos suyo.

—¿De qué se trata? —se escuchó decir con las manos enlazadas sobre el maletín que portaba en las piernas.

—De algo que tú no me contaste —dijo Carolina mirándolo de soslayo.

—Por favor, no me vengas ahora con reproches. Sólo quiero llegar a Antigua de los Caballeros y dar con tu madre.

—Nunca me contaste que engañaste a mamá con una hindú. ¿Por qué?

—¿Tu madre te contó eso?

Carolina activó la luz de giro y condujo hacia una salida siguiendo los letreros que anunciaban el aeropuerto.

—Fue mi madre, ¿pero por qué te lo callaste? Yo no era una niña…

—Pues ya lo sabes –dijo Bruno cortante, simulando estar atento a los automóviles que ahora se incorporaban a otra carretera, igual de atestada que la anterior–. Y te pido, si te consuela, las disculpas, fue un error horrendo, nos hizo mucho daño y la mamá me perdonó. ¿Por qué me lo sacas ahora en cara?

—No fue hace mucho –opinó Carolina cambiando de pista–. En tres años no se olvida fácilmente una infidelidad. ¿No crees? Ignoro por qué lo hiciste, pero conozco los detalles, porque me los contó mamá.

—No debió haberlo hecho. Debió haberte dejado al margen de esa crisis.

—Ella no podía simular, papá. Tu aventura con esa chica la dejó por las cuerdas. Me di cuenta que algo ocurría y a mamá no le quedó más que contármelo todo. Te confieso que me decepcioné, que me ha costado besarte y aceptar tu simulacro de normalidad.

—¿Por qué nunca me preguntaste por mi versión del asunto?

—¿Para qué? ¿Para verte tratando de justificar lo injustificable?

Estaban ya cerca del aeropuerto, y en la distancia, por sobre la carretera, cruzaban aviones buscando una pista de aterrizaje difícil de imaginar en aquella zona circundada por bosques, hoteles y carreteras. La proximidad de los aeropuertos siempre terminaba por angustiar a Bruno. Definitivamente volar ya no era la actividad distintiva del pasado, ahora en Estados Unidos los aviones parecían buses de la Greyhound y su servicio había decaído al nivel de la antigua línea soviética Aeroflot.

—Pero hay algo que es bueno que sepas antes de embarcarte –agregó Carolina.

—Tú dirás —Bruno se aferró a la manilla del maletín. No estaba de ánimo para soportar nuevas andanadas, la desaparición de su mujer comenzaba a extenuarlo.

—Es bueno que sepas que mamá no ha olvidado esa aventura.

—¿Qué quieres decir con eso?

—Que mamá buscó a tu amante y dio con ella.

—¿Cómo? ¿Que habló con ella? ¿Y para qué?

—Para que le contara todo. Para que le contara cómo se habían conocido, cómo había comenzado esa historia, dónde se acostaban, cómo coordinaban el engaño ante sus cónyuges, y qué planes tenían…

Bruno giró el rostro desencajado hacia Carolina. No podía creer lo que estaba escuchando, pero Carolina hablaba en serio, con voz trémula y la vista fija en la carretera.

—¿Cómo no me lo dijo? ¿Por qué lo hizo? —reclamó Bruno.

—Porque quería saberlo todo, conocer los detalles de la historia, pero desde el lado de los victimarios. ¿No puedes entenderlo?

—Victimarios… ¿Y cómo logró conversar con esa mujer?

—La chantajeó. Tenía las cartas que te había escrito, las fotos y cedés que te había enviado a la universidad y hasta un blumer que te había entregado. Le dijo que si no se reunían, ella le haría llegar todo a su marido. Y ya sabes lo que eso significa en una cultura tradicional como la de esa chica…

Cayó en la cuenta de que había depositado los recuerdos de esa relación en un archivo de su oficina en la universidad, y que después de la crisis no lo había abierto. Entonces lo más probable era que Fabiana hubiese registrado subrepticiamente su oficina y dado con todo aquello.

—¿Me estás diciendo que tu madre y esa mujer se reunieron? –tartamudeó incrédulo.

—Varias veces, papá, en diferentes ciudades.

—¿Y para qué?

—¿Para qué? Porque mamá quería conocer a fondo la traición, descifrar tus mentiras y reconstruir cada viaje que hiciste para engañarla, porque quería saberlo todo.

—Eso es una locura –masculló Bruno sacudiendo la cabeza–. ¿Y hasta cuándo estuvo chantajeando a esa mujer?

—Hasta que sintió que sabía tanto de ustedes que ella no era ya la víctima, la persona burlada.

—No, me refiero hasta cuándo estuvo viéndola. ¿Hasta hace un año, un mes, una semana, o qué?

—No lo sé. Lo único que sé es que ya no la ve.

El carro torció hacia la pista que conducía al embarque de vuelos internacionales y se detuvo entre los *yellow cabs* y otros automóviles que dejaban pasajeros. Un guardia les gritó que se apresuraran. Bruno disponía de poco tiempo porque Carolina, como era su costumbre, no lo acompañaría a hacer el *check in*. A ella también le disgustaban las despedidas.

—¿Y crees que fue eso lo que la empujó a desaparecer? –preguntó ya fuera del carro, con una mano sobre la puerta, pronto a cerrarla.

—Lo ignoro –repuso Carolina seria, inclinándose en el asiento para mirarlo a los ojos–. Pero eso es algo que debes saberlo tú mejor que nadie, papá. Tú debes saber si eso es razón suficiente para marcharse de casa…

14

Bruno Garza cruzó los pasillos del aeropuerto sintiendo que todo daba vueltas a su alrededor. Las sienes le palpitaban como si fueran a estallar, le ardía el estómago, y el ajetreo frente a los *counters* le resultó interminable. Se registró en el *desk* de American Airlines y luego, ya en el área de embarques, buscó refugio en el primer bar que encontró. Se despachó un Chivas Regal a las rocas doble de un golpe. Necesitaba que el alcohol fluyese por sus venas relajándolo, convenciéndolo de que aquello no era cierto. Su mujer no podía haber estado reuniéndose secretamente con la hindú, a espaldas suyas, para conocer a fondo la historia de la infidelidad, eso era demasiado cruel para ella; y a él lo dejaba en una posición insostenible. Eso significaba que Fabiana conocía entonces todos los detalles de la aventura, la minucia propia de los encuentros íntimos, los planes fantasiosos, incluso las confesiones perversas que intercambian los adúlteros mientras hacen el amor. Si Fabiana había logrado chantajear a Fulki Manohar, entonces le habría exprimido hasta el último secreto con respecto a ellos.

Llamó desde la barra a VISA para consultar los movimientos recientes en la tarjeta bipersonal que mantenía con Fabiana. No disponía de mucho tiempo, dentro de quince minutos debía abordar el avión. Comprobó que su mujer había retirado 5.000 dólares en Miami, poco antes de viajar a Centroamérica, es decir, antes de que le comunicara su decisión de separarse, y que luego no aparecían nuevos gastos ni retiros en la cuenta. Si ella había pagado otro ticket u hotel, lo había hecho con efectivo o usando una tarjeta de la cual él no estaba al tanto. Pero el retiro del dinero en efectivo en Miami revelaba que en ese instante ya había adoptado la decisión de no volver y que ésta no se debía a alguna aventura que hubiese tenido en Antigua de los Caballeros, sino a un plan trazado de antemano, probablemente en el Midwest, cuando fingía ser feliz junto a él.

¿Quién era, en realidad, Fabiana?, se preguntó con escalofríos. ¿La conocía de veras? ¿Cómo era posible que durante los últimos años, para él etapa de restañamiento de las heridas y de la recuperación del matrimonio, su mujer hubiese estado chantajeando a su ex amante para engrosar el expediente de la infidelidad? ¿Pensaba ella acaso que el pasado se superaba invocándolo de forma permanente? Era una ingenuidad suponer que uno podía llegar a conocer a alguien en un lapso de años, cuando uno era incapaz de conocerse a sí mismo a lo largo de toda la vida, se dijo. Eran sólo palabras, palabras, palabras, eso de conocer al otro, como erróneamente creía Fabiana. Había que resignarse: uno rara vez conocía a alguien a fondo, y por eso no debía sentir remordimiento por no saber todo sobre su pareja, por no brindarle plena atención al relato de sus recuerdos. Al final, esos relatos podían ser tan falsos como los que él tejía para ocultar su infidelidad. El whisky lo inundó de una modorra placentera, y reconoció que la venganza de Fabiana había consistido en apropiarse de los detalles de la traición, en monopolizar su relato, en convertirse en la dueña de la versión de lo ocurrido. Como decía Carolina, Fabiana había llegado a conocer tan bien la traición que ya no era la engañada.

¿Entonces qué diablos se proponía Fabiana con su sorpresiva desaparición sin dejar rastro?, se preguntó mientras abordaba el avión con destino a Miami. ¿Desesperarlo? ¿Vengarse tardíamente? ¿Hacerlo viajar de rodillas hasta Antigua de los Caballeros pidiendo perdón por sus errores, o simplemente imponer una distancia insalvable y definitiva entre ambos? Faltaban dos meses para el reinicio de las clases en la universidad, por lo que disponía de sesenta días para ubicar a su mujer y convencerla de que regresara, de que la vida en pareja valía la pena junto a él. ¿La valía realmente? ¿Y estaría Fabiana dispuesta a intentarlo? Una vez en su butaca dentro de la nave, se instaló los audífonos, escuchó un concierto que le pareció de Mahler, y comenzó a recapitular la conducta de su hija en el restaurante. Una cosa era evidente: Carolina no parecía sorprendida por la desaparición de su madre, lo que podía atribuirse a su educación budista o a que se comunicaba secretamente con ella y que estaba, al menos, al tanto de un plan que él desconocía. Lo que sí lo inquietaba era que Carolina hubiese puesto en perspectiva, con su acostumbrada delicadeza y diplomacia, la posibilidad de que Fabiana tuviese un amante. Sintió que las sienes volvían a latirle con fuerza. ¿Con que no era una decisión en contra suya?, se preguntó indignado, repitiendo las palabras escritas por Fabiana en su mensaje de despedida.

Claro, no importaba si la decisión era o no en contra suya. Clave era que se trataba de una decisión a favor de ella para ganar tiempo y distancia, con el fin de explorar no sabía qué asunto en ese país donde los mayas vivían suspendidos en una intemporalidad, posibilitada, además, por la explotación a la que los sometían precisamente familias como las de su mujer. En fin, ¿tenía Fabiana amante o no? ¿Quería estar sola para reencontrar su pasado y reflexionar sobre lo que había sido el matrimonio, o porque se había enamorado de alguien? Esas eran en verdad las preguntas de envergadura, se dijo.

No existía una separación inocente, sin consecuencias, congelada en el tiempo, no existía un paréntesis en la vida de las parejas que no cobrara su precio, meditó mirando a través de la ventanilla hacia la losa, por donde se alejaban ya los vehículos de equipaje y *catering*. Usualmente uno hiere sin querer al otro con palabras y hechos, se dijo, pensando que los malentendidos son accidentes, frutos de la casualidad, la incontinencia verbal y sexual. Lo que no se puede es vivir juntos por años sin cometer errores, sin ofender, sin herir, creyendo que todo lo malo se perdona y olvida. Tal vez, al final de lo que se trataba simplemente en un matrimonio era de no mortificar al otro en exceso, de no acosarlo ni cortarle las alas. Quizás en eso estribaba el truco para que las cosas funcionaran, y la vida en común no se tornara asfixiante y opresiva. Porque en el amor herir al otro resultaba tan mortífero como inevitable. ¿Fabiana no quería acaso herirlo? ¿No era por eso que se instalaba lejos? En rigor, lo había defenestrado en el peor de los momentos, y probablemente con el propósito de que se sintiera culpable hasta de errores que no había cometido. Era imposible entender a Fabiana, pensó, mientras el Boeing, rugiendo con fuerza, trepaba por el cielo límpido de Nueva York.

15

Mi vida se fue al tacho después del accidente de mi padre y creo que ahora la estoy sacando del tacho. Fue mi primera confesión, y se la hice porque me fluyó de adentro, como todo lo valioso y trascendente que emana de nosotras, las mujeres. Lo nuestro palpita dentro del cuerpo, aunque no oculto, sino protegido y abrigado, como en un remanso, por humedades cálidas y sinuosidades delicadas, y no a la intemperie como en el caso del hombre. Almorzábamos bajo un parrón en una taberna de Keratokambos, en la isla de Creta, que nunca imaginé se convertiría en el eje utópico de ese carrusel enloquecido que soy yo. Bruno me miró asustado, diría yo, como si mi confesión exigiese de su parte un compromiso inmediato y eterno. Me observó con los mismos ojos sorprendidos y, me atrevería a decir, temerosos, con que lo hizo cuando le anuncié, tiempo después, que estaba embarazada.

Quizás cometí un error al decirle que, tras conocerlo, por fin estaba sacando mi vida del tacho, sin aclararle que eso no implicaba que él tuviera que hacerse cargo de mí. Sólo quería contarle que por primera vez tenía yo de nuevo ganas de vivir y planear, de construir utopías, pero no como esas que él estudia y sobre las cuales escribe, esas con instituciones y personas esclavas de ellas, utopías que persisten porque prometen el paraíso o amenazan con el infierno, sino como aquellas que realmente cuentan y marcan la diferencia en la vida, esas que a una, o al menos a mí, le permiten convertirse en alguien importante y soñar con una existencia armoniosa bajo un techo protector, con afectos y lealtades a toda prueba, sin riesgos de traición. Y mi utopía proyectaba entonces todo cuanto yo no tenía.

No guardo un recuerdo prístino de mi padre, le conté también a Bruno mientras evocábamos en voz alta nuestras respectivas infancias. Le dije que su imagen se reducía en mí a la de un ser malhumorado y poco cariñoso, desgarbado y con úlceras, al que le sobraba poco tiempo para sus hijos por culpa de las cosechas, el secado de granos y los precios del café, un padre que cuando estaba en casa tendía a disciplinarnos a gritos y correazos, rara vez mediante consejos y explicaciones. Fue así, dejando ese recuerdo, que se despidió una mañana de nosotros sin imaginar que era para siempre, sin que mi madre supiese manejar las fincas en un mundo gobernado por los hombres y fiscalizado por la mirada inquisidora de los hermanos de papá.

Ellos consideraban a mi madre una recién aparecida porque, a diferencia de la abuela Jacinta y el abuelo Abelardo, ella descendía de una familia de clase media de Antigua de los Caballeros, honrada, pero modesta para los Colón del Rosal. El papá de mi madre, a quien nunca conocí pues murió cuando yo era una niña, trabajaba en el Banco del Café. Era alguien de terno y corbata, elegante, pero de presupuesto ajustado, mientras su esposa se dedicaba a la casa y los niños. Tampoco tengo recuerdos de ella, porque murió poco después del abuelo, y su imagen se restringe para mí a unas fotos en sepia que por mucho tiempo vi colgadas en una pared, en que aparece sentada, seria, circunspecta, junto a su esposo. Ambos llevan sus mejores trajes, pero se ven demasiado concentrados en la preocupación del fotógrafo por obtener una buena foto.

Sin que nadie supiese cómo se inició todo aquello, Gabriel, mi padre, se enamoró de Alma, la muchacha frágil, de ojos grandes y figura exquisita, que sabía bordar y cocinar, y era dulce como las mujeres de antaño. Los Colón del Rosal no supieron jamás cómo la había conocido porque Alma, por su condición, carecía de acceso a los salones oligárquicos, y sin embargo ella de algún modo había logrado cruzarse en el camino de Gabriel, quien era un excelente partido por sus modales y las fincas que heredaría, y a quien varias muchachas de la sociedad seguían con ojos atentos y amorosos.

Los hermanos de mi padre hicieron cuanto estuvo a su alcance para impedir que se consumara ese matrimonio de pareja dispareja, mientras el abuelo Abelardo, el finquero que había labrado la fortuna familiar desde la nada misma, guardaba distancia y silencio. Sé que el tío Constantino, hermano mayor de mi padre, llegó incluso a contratar un detective capitalino para que siguiera a Alma por las calles adoquinadas de Antigua de los Caballeros cuando iba a misa, clases de costura y bordado, o a visitar a amigas. Pretendía que le descubriera un amante, pero el especialista en seguimiento de personas sólo pudo comprobar que cada vez que Alma salía de su casa, lo hacía para ir a una iglesia cercana, al almacén de abarrotes o a la Academia de la Mujer Moderna, dirigida por la señorita Eduvigis Silva, donde se perfeccionaba en labores. Contrataron también mis tíos a un apuesto cantante de boleros venido de La Habana —todas las mujeres románticas del continente en algún momento suspiran con las letras de un bolero— para que la asediara y ofreciese serenatas bajo su balcón, pero Alma jamás se asomó a él, ni siquiera por curiosidad. Los tíos examinaron hasta los certificados del Registro Civil para comprobar si era hija concebida dentro de matrimonio, y si sus padres descendían de parejas legítimamente constituidas ante Dios y la Ley, o si algún familiar contaba con prontuario, pero las pesquisas no arrojaron nada deleznable.

—¡Nos cansamos! —anunciaron un día los tíos Juliano y Teodosio a Constantino—. Esa familia no tiene pedigrí, pero tampoco manchas en la trayectoria. Sólo son pobres.

—Ese es justamente el problema —dicen que repuso el tío Constantino mientras se paseaba enardecido por el zaguán de la casa de una finca de su padre la noche en que éste y su mujer asistían a una cena ofrecida por el presidente de la república a los cafetaleros—. Si no tienen donde caerse muertos, entonces la chica sólo está buscando la fortuna de Gabriel.

—Mejor no sigamos en esto –dicen que propuso Juliano. Por encima de la selva lejana y las nubes se alzaba el volcán del Agua, y abajo las calles empedradas de la ciudad se desplegaban rectas, luminosas, desiertas.

—¿Y van a permitir que ella entre así como así a la familia? –preguntó Constantino.

—El corazón no entiende de razones –dicen que dijo Juliano–. Son las pendejadas típicas de muchachitos románticos. No cuentes con nosotros, que hagan lo que quieran.

Aquel mismo día Juliano y Teodosio dejaron de conspirar contra Gabriel, y sólo el tío Constantino, delgado, de ojos oscuros, católico practicante y dueño de una disciplina férrea, siguió cultivando el rencor contra Alma. La boda se celebró semanas después, en la capital, y mi madre entró a la iglesia y a la familia vestida de blanco, con un velo cubriendo su bello rostro aguzado, y un ramillete de claveles fragantes en la mano. Dejó el templo mientras un coro de niños con rostros maquillados, coronas doradas y alas de cartón, acompañado por el órgano, entonaba la marcha nupcial. Mi padre, que diez años después caería del cielo como un ángel, mira a mi madre en las fotos que conservo en una caja de zapatos con el arrobo y la admiración reflejados en sus grandes ojos moros, feliz y risueño, sin poder convencerse que lleva del brazo al amor de su vida.

—No hay foto de Gabriel Colón del Rosal en que aparezca más feliz que en las del día de su boda –le dije a Bruno mientras contemplábamos el mar de Libia, que se extendía limpio y plácido hasta el horizonte, y nos preparábamos para dejar el parrón.

«Él amó a Alma con toda su alma», contaba siempre mi tía Blanca, esposa del tío Juliano, a quien quisiera escucharla, palabras que encendían la mirada aleonada del tío Constantino, quien jamás le perdonó a Gabriel haberse casado con una antigüeña de clase media. Al no imitar el ejemplo de sus hermanos casados con muchachas de familias tradicionales, mi padre optó por criarnos en una finca apartada, temeroso quizás del rechazo social de la gran ciudad. Allí crecí con mis hermanos, y de allí provienen mis primeros recuerdos: mañanas tibias y amables en que nos despertaban el trinar de pájaros y el relincho de caballos, mañanas envueltas en la fragancia del café que se secaba al sol en superficies de concreto, y tardes de juegos junto a un estero o a la sombra de las gravileas. Son imágenes que se me entreveran y confunden con las de las montañas donde habitan los mayas, quienes bajaban temprano y en silencio a cosechar el grano, y con las de los viejos almacenes y los guardias armados que protegían el oro negro frente a los cuatreros. Años más tarde, aliados con el ejército, esos hombres defenderían las plantaciones de las incursiones de la guerrilla, la que, según el tío Constantino, pretendía expropiar las fincas, prohibir la religión e instaurar el comunismo como en Cuba.

Aunque mi padre construyó su vida alejado de las fincas familiares, y tenía tres hijos y una esposa bella, fiel y hacendosa, encargada del hogar y la crianza de los niños, y a pesar de que asistíamos cada domingo a misa en la catedral y almorzábamos después en alguna finca del abuelo, jamás mis tíos aceptaron a mi familia en su círculo.

Éramos y no éramos de la familia, le conté ese día a Bruno mientras regresábamos bajo la resolana a la Pensión Odiseo, de Keratokambos. Y recuerdo que cuando pronuncié esas palabras, la incredulidad asomó en sus ojos.

II

LA JUNGLA

Sono come
la misèra bárca
e come l'ocèano libidinoso.

Giuseppe Ungaretti

16

Al final, todos los matrimonios tienen sus muertos en el clóset, pensó Bruno Garza cuando su avión aterrizaba en el aeropuerto de La Aurora. Sí, tanto él como Fabiana tenían víctimas a su haber, habían dejado u olvidado a alguien para estar juntos, al igual que la hindú y su esposo cornudo, y la cubana con su predicador impotente. Eran las siete de la tarde y la oscuridad tenía a Centroamérica ya firme en su mano. Mientras la nave avanzaba por la pista hacia el terminal, tuvo la sensación de que ahora, lejos de Oliverio Duncan y de la desaparición de su ex amante, podría concentrarse en la búsqueda de Fabiana. Después de que el oficial de inmigración hubo revisado su pasaporte estadounidense, salió al aire tibio y caminó con su maletín entre taxistas que le ofrecían servicios con aire conspirativo e indígenas que mendigaban. Alquiló un coche y cuarenta minutos más tarde estacionaba en el parqueo del Casa Santo Domingo.

Un estremecimiento lo sacudió cuando pasó bajo los arcos de piedra, junto a una pileta en que flotaban pétalos de rosas. Pensó que días antes Fabiana debió haber recorrido ese mismo trayecto. Retiró las llaves en el mesón de caoba del lobby y se fue a su cuarto. El aire gentil de Antigua de los Caballeros lo calmaba. Parecía mentira que a sólo seis horas de vuelo de Nueva York existiese una ciudad colonial inmersa en el pasado. Le fascinaban el trazado recto de las calles adoquinadas, las mansiones con muros color ocre, las ventanas protegidas por barrotes, los tejados españoles, las ruinas de iglesias y palacios, que hablaban de la delicada riqueza de antaño. Lo atraían los locales situados en construcciones antiguas, con piso de cerámica y ventanas abiertas de par en par, porque el clima de la ciudad rodeada de cafetales y montañas verdes era siempre amable. No había en todo el universo otro mundo colonial tan perfectamente conservado como ese, pensó Bruno mientras atravesaba los pasillos del hotel, vislumbrando, en un juego barroco de luces y sombras, muros de enormes sillares, óleos enmarcados en yeso dorado, candelabros con velas encendidas, mesas de mármol, arcadas de medio punto y esculturas cubiertas de hiedra. Se tendió en la cama, y, a través de los postigos abiertos, percibió una marimba distante y la fragancia indescriptible de la noche.

Al rato pidió a la recepción que lo comunicaran con su mujer. Sabía que no la encontrarían. La telefonista tardó algunos instantes en decirle que Fabiana no estaba registrada entre los pasajeros. Cuando insistió en que ella se había alojado allí, la telefonista le pidió unos minutos para averiguar qué ocurría. Volvió a llamarlo al cabo de unos instantes diciendo que Fabiana se había marchado del hotel hace días, con rumbo desconocido. Bruno no se desanimó, se trataba de un hotel prestigioso que en algún momento le brindaría información sobre su mujer.

Al colgar recordó la llamada de Oliverio Duncan y se avergonzó de la ingenuidad con que le había contestado. En rigor, no tenía obligación de responderle a nadie que se hiciese pasar por autoridad sin demostrarlo adecuadamente, menos si le exigía referirse a una cuestión tan delicada como la desaparición de una ex amante suya. Extrajo de la billetera el número telefónico que le había dictado Duncan y llamó a Estocolmo. Esperó. Debían ser las siete de la mañana en Suecia.

—*Polis* –respondió una mujer al otro lado. Bruno pidió en inglés que lo comunicaran con el inspector.

Aguardó inmóvil en la cama, mirando hacia el jardín. Bajo un farol resplandecía una pared de ladrillo por la que trepaba una enredadera.

—Este es el buró del inspector Oliverio Duncan –dijo en sueco la voz del policía en una grabación. Bruno se sintió amenazado y colgó de inmediato.

Era cierto entonces que el tipo era policía, pensó, por lo tanto la historia de la desaparición de la hindú también era cierta. En algún momento Duncan lo llamaría para pedirle que se reunieran. Tal vez en Estados Unidos podría negarse a ser interrogado por un policía sueco, se dijo Bruno, pero recapacitó enseguida, suponiendo que debía haber acuerdos entre las policías de ambos países. Lo mejor era actuar con naturalidad, después de todo él era inocente, no había visto desde hacía años a Fulki y no tenía nada que ver con su desaparición. Pero, ¿y Fabiana? ¿Dónde estaba Fabiana? ¿Cómo le explicaría al inspector Duncan que tampoco tenía nada que ver con la desaparición de su mujer?

Se levantó, encendió el computador del cuarto y comenzó a buscar en White Pages la dirección de Fulki Manohar, en San Francisco. No recordaba exactamente su calle, pero tenía la convicción de que si veía su apellido en la pantalla, la identificaría de inmediato. No tardó en encontrarla: 225 Santa María Road. Se recostó en la cama nuevamente y marcó el número.

—Manohar –respondió de inmediato una voz de hombre al otro lado. Calculó que en la costa oeste de Estados Unidos debían ser las cinco de la mañana, y que el hombre era el esposo de Fulki–. *Hello? Hello? Manohar speaking…*

Tenía la voz cascada de un anciano. Tal vez no era el marido de Fulki, del cual había visto fotos en las que parecía más joven de lo que era, pensó Bruno. Seguramente la familia estaba reunida allí por la desaparición de la mujer. En las fotos el marido mostraba una melena espesa y blanca, la piel oscura y los rasgos finos; Fulki se confundía a su lado con sus hijas. La voz comenzó a sonar irritada. Recordaba con precisión las fotografías pues Fulki solía llevar los álbumes familiares a los encuentros. Después de hacer el amor, y aún desnuda en la cama, ella le explicaba con lujo de detalles, cosa que a él le revolvía el estómago y le resultaba peor que la traición que estaban consumando, la historia de cada imagen. Siempre Bruno se había preguntado por qué le enseñaba ella esas fotografías. ¿Para que pudiera ver lo que ella estaba dispuesta a sacrificar con tal de irse con él, o para mostrarle el tipo de vida que podrían llevar juntos? La mayoría había sido tomada durante fiestas hogareñas, vacaciones en centros de esquí o playas, o en tours por ciudades europeas. En todas, los integrantes de la familia sonreían felices, con ojos oscuros y brillantes, ajenos a la traición que los esperaba. Se asustó al suponer que el FBI podía estar grabándolo y cortó con premura. Después se quedó dormido con la lámpara del velador encendida, tratando de recordar la última vez que había hecho el amor con Fulki Manohar.

17

Cuando despertó a la mañana siguiente, lo impresionaron los cerros lejanos, intensamente verdes, envueltos en la bruma, y la figura simétrica del volcán del Agua perfilándose contra el cielo. Un sosiego perpetuo flotaba en el ambiente de Antigua de los Caballeros, una paz que emanaba de sus muros y adoquines, y atravesaba la piel de su gente contagiándola de serenidad. Desplegó el diario a la sombra de un jacarandá y leyó las noticias sobre la alarmante delincuencia en la capital, mientras desayunaba huevos revueltos con frijoles negros, tortillas y café.

No pudo concentrarse en las noticias. Tenía la sensación de que su preocupación por Fabiana lo estaba desestabilizando hasta el punto de impedirle examinar las cosas con claridad y adoptar decisiones prudentes. No podía ocultarlo, estaba preocupado y desorientado. El mensaje de su mujer había surtido efecto, y él, ahora, como se lo reprochaba Carolina, parecía más inquieto por las consecuencias sociales que le acarreaba la fuga –¿por qué no llamarla así?– de Fabiana, que por la desaparición misma. Era indudable que su ausencia no dejaría de tener consecuencias para él también en el ámbito académico. Pero su angustia no emanaba tanto de que no amase o amase poco a Fabiana, sino de que no lograba sentar las prioridades para resolver el problema; no sabía aún qué debía hacer primero. Si Fabiana llegaba a enterarse de sus confusos pensamientos en esos instantes, diría que siempre había sabido que los hombres sólo podían amar, o creer que amaban, si instalaban los sentimientos dentro de un orden que les garantizara su propio pedestal de mármol. Había que desconfiar de los hombres que afirmaban enloquecer de amor, pensaba Fabiana, porque no existían, y la locura pasional era sólo un simulacro que desplegaban para disimular la incapacidad de amar bajo todas las circunstancias, de amar al menos como lo hacían las mujeres.

Le llegó el aroma a flores del magnífico patio que daba al cuarto. Le recordaba los patios de las casas de Pompeya. Se dijo que la disposición de las casonas de Antigua de los Caballeros se asemejaba a las de la ciudad del Vesubio, y que hasta la fragancia y la delicadeza del aire de ambos lugares también se emparentaba. Fue ese el instante en que reparó que en la mesa a su derecha desayunaba un grupo de italianos; y que en otra, algo más distante, decorada con flores, cerca de un horno al aire libre, había un grupo de franceses. La arquitectura colonial atraía a europeos que viajaban no detrás de las playas, las mulatas y el sol tropical, sino de testimonios culturales, de modo que terminaba seleccionando el nivel de los turistas. Aunque la mayoría de las casonas, aniquiladas por el terremoto de 1773 y reconstruidas de modo prodigioso durante los últimos treinta años, pertenecían a centroamericanos y estadounidenses, y permanecían cerradas para los turistas, sus frontis impecables, las calles empedradas y los vistosos cafés, así como sus restaurantes, tiendas de anticuarios y hoteles, atraían a millares de extranjeros cada año. En algún momento, se dijo Bruno, Antigua de los Caballeros se convertiría irremediablemente en un destino turístico masivo como Venecia o París, y dejaría de ser el remanso colonial que era ahora.

Plegó el diario, terminó el desayuno y fue a la administración del hotel, una sala amplia y fresca, de muros pintados de ocre y techo con vigas de madera a la vista. Lo atendió una mujer joven. Bruno le dijo que buscaba información sobre Fabiana Garza.

—Usted fue quien llamó, ¿verdad? —preguntó la mujer.

—Efectivamente. Soy el esposo.

—Investigué el asunto personalmente, y sólo puedo decirle que la pasajera dejó nuestro hotel hace días.

—¿Y adónde se marchó?

—Lo ignoramos, señor.

Bruno le explicó que se trataba de algo urgente, que podía haber ocurrido una desgracia, y que confiaba en que el hotel consiguiese más datos sobre la estadía de su esposa.

—¿Por ejemplo, señor?

—No sé. Tal vez la patente del vehículo en que ella se marchó del hotel. ¿No llevan registro de eso?

—No acostumbramos, señor.

—O que me dijeran al menos hacia dónde se fue, o quién del personal habló con ella.

La mujer tomó apuntes y Bruno aprovechó de pedirle una lista con las llamadas telefónicas que había hecho Fabiana, el número del cuarto en que se había hospedado y quiénes la habían atendido en el restaurante. Por último, le solicitó le informara si aún había en el hotel pasajeros que hubiesen visto a su esposa. Sin embargo, de pronto tuvo la impresión de que todo eso era inútil y no conducía a parte alguna, que nadie recordaría nada y que ya habían desaparecido las huellas de Fabiana.

—No se preocupe, señor, veré qué puedo hacer con lo que me pide —dijo la mujer jugando con el bolígrafo sobre el bloc de apuntes—. Créame que siento lo ocurrido. A propósito, ¿puede indicarme cuánto tiempo piensa permanecer con nosotros?

18

Mis quebrantos, y advierto que no soy una llorona, no cesaron con la muerte de mi padre. Por el contrario, la existencia junto a mamá en aquella finca aislada, silenciosa y vasta, donde vivían también mis hermanos, se convirtió gradualmente en un verdadero infierno donde mis ilusiones de niña se iban consumiendo a fuego lento. Mamá, entonces joven y hermosa, no se resignó a cumplir el papel de viuda por mucho tiempo. Fue así como no tardé en constatar que ella no se ocupaba ya tanto de nosotros ni nuestros problemas, que con disimulo nos desplazaba cada vez más hacia las manos de Berta, y que los viernes volvía a casa tarde por la noche en un carro americano de cola, cuyo conductor, por algún motivo, permanecía oculto en las sombras de la cabina mientras mamá abría con sigilo la puerta de casa, sin sospechar que yo la espiaba.

Al tercer año del accidente de aviación, mamá dejó de vestir el luto perpetuo que le correspondía y suspendió sin explicaciones nuestras visitas dominicales al cementerio para decorar con flores la tumba de papá. Comenzó a lucir blusas ajustadas y escotadas, sostenes que le abultaban los senos como a las actrices de la revista Ecran, *y faldas que acentuaban sus caderas y mostraban sus rodillas. El rictus severo de su rostro fue tornándose amable y cálido, sus ojos recuperaron el fulgor de antaño, y, de pronto, sorpresivamente, emergió ante nosotros una mujer nueva, desconocida, atenta a la moda, las revistas del corazón y las radionovelas de amor. Pasaba horas ante el espejo del dormitorio, mirándose de perfil y de frente, corrigiendo un pliegue del vestido o la caída de un mechón de cabellos, tarareando un bolero de moda, y corría a la ventana de los barrotes, ubicada junto a la* puerta principal de casa, en cuanto escuchaba el rumor de algún coche aproximándose en la noche.

Una tarde me llevó al centro de la capital en microbús. Me sentí entonces inmensamente feliz porque era la primera invitación que me extendía, porque me hizo sentir grande y porque al fin podríamos conversar a solas. Las cosas entonces no funcionaban bien en la familia, no había dinero para cambiar el viejo Ford ni para salir a almorzar los días domingo, o pintar los muros descascarados de casa. Al parecer, la repentina estrechez se debía al control que el tío Constantino ejercía sobre los fondos que mi madre debía recibir de fincas que, supuestamente, pertenecían a papá, y ya debían ser propiedad nuestra. Nunca logré dilucidar las causas exactas de ese estado de emergencia tan dañino y prolongado, pero con los años entendí que el tío, a través de tinterillos, había logrado colocar esas propiedades en una tierra de nadie, impidiéndole a la viuda disponer libremente de lo que le correspondía. De ese modo convirtieron a mamá en una niña más, sin derecho a voz ni voto, llevándola a depender, y a nosotros con ella, de los pagos irregulares y abusivos que transfería Constantino. Nada de eso sabía yo entonces, desde luego.

Mamá me llevó ese día de la mano al Café Europa, lo que me alegró sobremanera porque era el local de moda. Su gesto indicaba que recuperaba el interés en mí, en mis anhelos y mis angustias de adolescente. Por fin ella se volvía la amiga que yo tanto anhelaba. Mamá iba maquillada con esmero, los labios punzó, las cejas demarcadas y el cabello recién lavado y cepillado. Llevaba blusa ajustada, falda repolluda, y se había rociado el cuello y detrás de las orejas con agua de violetas. Para mí ordenó un batido de plátano y un eclair, y para ella un té con leche y tostadas.

—¡Qué niña más linda! —exclamó al rato una voz a mi espalda. Me volví extrañada y vi a un hombre gordo, de bigote, terno de corbata roja y sombrero Al Capone—. ¿Cómo se llama esta princesa?

Turbada, mamá le dio mi nombre, y Al Capone pidió permiso para sentarse un minuto a la mesa porque yo le recordaba, dijo, a una sobrina, la más bella e inteligente del mundo, que vivía en Los Ángeles. Mamá aceptó al tipo en la mesa. Él ordenó para sí un café y para mí, sin preguntar, un trozo de Selva Negra, mi torta predilecta. Al cabo de unos instantes ambos estaban enfrascados en una conversación durante la cual se olvidaron por completo de esta princesa.

Hablaron de viajes a lugares remotos, de hoteles junto al mar, de futuros encuentros. Sonreían bajito, sin dejar de mirarse, y guardaban largos silencios. Las mejillas de mamá se ruborizaban bajo las arañas de cristal del elegante Café Europa de entonces. Sólo recuerdo que me volvió la alegría cuando el extraño se marchó dejándonos solas. Mamá recuperó el aplomo y volvió a preguntarme cómo me iba en el colegio.

Después de esa tarde en la capital, olvidé la figura de aquel intruso desagradable que pretendía de alguna forma suplantar a papá, hasta una noche en que, cuando mi madre descendía del gran coche que la devolvía los viernes a casa, el barrido de faroles de un camión que pasaba tosiendo por la calle me permitió vislumbrar fugazmente la silueta de quien conducía el automóvil. Era Al Capone.

19

Caminó por la ciudad preguntándose a qué se debía, en última instancia, su desesperado afán por encontrar a su mujer, ¿al amor o al miedo a vivir sin ella? Como decía su hija, las parejas duraban mucho más que el amor. Tal vez lo mejor era concederle a Fabiana el tiempo y el refugio que ansiaba. Entró a los anticuarios que ella solía frecuentar durante sus visitas a la ciudad, encontró allí los muebles y las esculturas coloniales, los candelabros de hierro forjado, los óleos, y los incensarios expuestos en las salas de puntal alto que tanto agradaban a su mujer. Sin embargo, de ninguna de esas piezas logró arrancar el mensaje secreto que su mujer parecía extraer de ellas. La brisa traía el murmullo áspero de los mayas desde el atrio de las iglesias, donde ofrecían huipiles, jaguares rosados y máscaras talladas en madera ridiculizando al conquistador español.

Después de pasar bajo las arcadas de la Plaza de Armas, ingresó a la tranquilidad del Café Condesa, donde ocupó una mesa al lado de una fuente. Ordenó un cortado y aguardó pensativo, aspirando la quietud de la mañana y tratando de infundirse ánimo. Debía resignarse. No le quedaba más que esperar el llamado del hotel, si éste no le suministraba pistas, no sabría cómo continuar. Seguramente la desaparición de Fabiana no era más que una venganza momentánea por su infidelidad pasada. ¿Y si contrataba un detective privado?, se preguntó. Uno lo suficientemente discreto para que no generase escándalo, alguien que fuera capaz de ubicarla para que él pudiera convencerla del retorno. ¿Un detective?, se repitió temiendo que el hombre resultase un charlatán, exigiese abultadas sumas de dinero y terminara estafándolo, como ocurría a menudo con detectives privados. Debía andarse con cuidado, resultaba fácil adaptarse de un país cualquiera a Estados Unidos, pero imposible de éste a otro país. Algo, tal vez la eficiencia, el individualismo extremo o la indolencia lo acostumbraban a uno en Estados Unidos, a una vida que no se repetía en otros lugares. Además, ¿quién mejor que él mismo para dar con su mujer? Probó el café, que le pareció espantoso, y lamentó no haber recibido mensajes de Fabiana.

Ahora que le añadía otra cucharada de azúcar, cayó en la cuenta de que, con los años, una obsesión había marcado la vida de su mujer: la de abandonar esa región aparentemente paradisíaca, de cielos impecables y selvas vírgenes, de lluvias puntuales y tormentas desgarradoras, para residir en un mundo donde nadie le preguntase de quién descendía –consulta de rigor entre la oligarquía de su país– y pudiese llevar una vida sin los tabúes de clase, desvinculada de su pasado y su memoria, algo imposible en un país donde la historia discurría en círculo y sus protagonistas se repetían por generaciones. Más que la región de la eterna primavera, Centroamérica era la región del eterno retorno nietzscheano, una zona donde el tiempo sólo traía la reiteración de las mismas circunstancias, donde el que nacía pobre, moría pobre, y tendría hijos, nietos y bisnietos pobres; y quien nacía rico, descendía de parientes ricos y contaría con una estirpe rica per sécula. De alguna manera se reflejaba así, en el trópico, la repetición, que en Dante era la esencia del castigo infernal y de la recompensa paradisíaca. En ese mundo verde y templado, de historia circular, de castas que se reproducían, donde las mujeres eran objetos de adorno en medio de las casonas, los salones sociales y las fincas, nada cambiaba. Cada individuo era un ser adscrito a un apellido, a una dinastía, a una historia por todos conocida y a un destino que ya no podría eludir.

De alguna forma, la situación que enfrentaba por la desaparición de Fabiana resultaba descabellada, semejante a la imagen del infierno que tenían los gnósticos, pensó Bruno. Éstos siempre le habían interesado, y los celebraba ante el alumnado, pues no veían el infierno como una dimensión apartada, como un castigo futuro que en algún momento caería sobre los pecadores, sino como una experiencia diaria y permanente, de la cual sólo se escapaba mediante la muerte. Para los gnósticos, el infierno era el día a día, nuestra existencia en este valle de lágrimas, la enfermedad y el dolor y, por extensión, era las víctimas del Holocausto, los niños que morían de hambre en África, las mujeres que eran violadas en guerras civiles, las ciudades bombardeadas con misiles de precisión. Para los gnósticos, el mundo había comenzado mal desde el principio, porque había sido creado no por Dios, sino por un demiurgo injusto, malvado e ignorante, que había logrado dejar fuera del juego al gran creador.

Estaba ya por levantarse de la mesa, cuando divisó al grupo de franceses que se hospedaba en el Santo Domingo. Eran cinco mujeres jóvenes, bronceadas y de aspecto saludable, y cuatro cincuentones algo excedidos de peso, que exudaban una innegable prosperidad con sus camisetas de marca. Una de las francesas le llamó la atención. Le calculó menos de treinta años. Era de facciones armónicas, figura grácil, cabellera clara y corta. Bruno tuvo la sensación de que sus ojos color miel le sostenían la mirada por algunos instantes.

20

Cuando a la mañana siguiente pasó por la administración del hotel, la información que le esperaba lo desanimó. La secretaria, en el tono amable y servicial del día anterior, le informó que su esposa había hecho sólo dos llamadas telefónicas desde el cuarto. Correspondían al número de la casa junto al río, cuando habían conversado por última vez. Fabiana había pedido además que no le ordenaran la habitación ni le cambiaran las toallas, que necesitaba permanecer tranquila, no ser interrumpida por nadie, de modo que la mucama apenas recordaba haberla visto.

—Lo lamento, pero es todo cuanto puedo informarle.

—Y al pagar, ¿adónde se marchó?

—Lo hizo en dólares por los cuatro días que estuvo aquí. Pero no sabemos en qué se marchó ni adónde. Realmente lo siento, señor Garza —dijo la mujer llevándose la palma al pecho—, pero estamos a su disposición para ayudarlo. ¿Informó ya a la policía?

Salió del fastuoso Casa Santo Domingo y se dirigió a pie al centro de Antigua, pensando que si Fabiana había pernoctado pocos días en ese hotel faltaban muchos para cubrir los que llevaba fuera de casa al momento de anunciarle su despedida. ¿Dónde habría pasado el resto del tiempo?, se preguntó mientras tomaba asiento en el Café Condesa, como el día anterior, envuelto en la quietud que emanaba de la pequeña fuente de agua. Ordenó un cortado y se dijo que si Fabiana no había hecho llamadas desde la habitación, significaba que no había recurrido a su familia y que ésta ignoraba lo de su estadía en Antigua de los Caballeros. Sin embargo, no podía descartar la idea de que ella hubiese empleado su celular para llamar a familiares o amigos, pero no resultaba una alternativa económica; si pretendía no dejar huellas, entonces era improbable que hubiese empleado el celular, porque a él le bastaría con recibir las cuentas de la compañía telefónica para saber con quién había hablado. Ese aislamiento y los días que faltaban en el calendario de Fabiana, pensó, sugerían algo que él no lograba explicarse.

Fue en el momento en que endulzaba el café, que sonó su celular.

—¿El doctor Garza? –preguntó una voz grave al otro lado.

—Él mismo.

—Le habla Oliverio Duncan. Confío en que esta vez no lo haya despertado.

Sintió un estremecimiento al escucharlo. Creía haberse deshecho del inspector de la policía sueca, pero el tipo seguía sus huellas como un cazador empedernido. Ni siquiera lo desalentaba el calor de los trópicos.

—Estoy preparándome para hacer una excursión –le explicó–. Me pilló justo cuando quería desconectar el aparato, porque voy a la selva. Ando apurado.

—¿Dónde está usted ahora específicamente, doctor Garza?

—En Antigua de los Caballeros.

—Bien, ¿y en qué hotel se está alojando?

—En el Casa Santo Domingo.

No supo por qué le entregaba detalles. En rigor, Oliverio Duncan aún no acreditaba su condición de policía. Sin embargo, algo en la voz ronca y el tono pausado, reflexivo, de aquel hombre, algo en sus silencios prolongados, lo intimidaba y tornaba sumiso.

—Es un gran hotel –comentó Duncan tras un breve silencio. Bruno saboreó el café–. Lejos, el mejor de las Américas, doctor Garza. ¿Puedo saber qué hace allí?

—Estoy de vacaciones, inspector, no hay clases en la universidad.

—¿Solo?

—Solo.

—¿Y su señora esposa?

—Anda en una gira con amigas –respondió Bruno con desasosiego.

—¿En Centroamérica?

—No sé exactamente dónde se encuentra ahora. Es saludable que las parejas tomen aire por separado de vez en cuando.

—Entiendo, entiendo. Bien, en relación con nuestro tema, Fulki Manohar –añadió Duncan–, ella aún no aparece. ¿Cuándo podemos conversar?

—Cuando usted quiera, inspector –dijo Bruno y pensó que si el husmeador lo seguía hasta allí, él debía sencillamente cambiar de ciudad y dejarlo con los crespos hechos. Lo haría ir hasta Antigua, pero no lo esperaría, pensó ofuscado por lo que consideraba una inaceptable intromisión en su privacidad–. Pero no puedo decirle mucho sobre una muchacha que fue mi alumna hace años.

—Quién sabe, doctor Garza. Lo que para usted es algo nimio, para mí puede resultar crucial. ¿Le da lo mismo, entonces, el momento en que nos encontremos?

—Absolutamente. Yo estoy a punto de iniciar una excursión a unas tumbas mayas que acaban de ser descubiertas en la selva.

—¿Le da, entonces, lo mismo?

—Ya le dije –Bruno tuvo de nuevo la incómoda sensación de que el inspector anotaba sus palabras–. Cuando usted quiera y donde usted quiera…

—En ese caso, doctor Garza, por favor, dese vuelta. Estoy a cuatro mesas de usted.

21

—¿Y nunca ha tenido la impresión de que su vida está ya escrita en alguna novela? –preguntó Oliverio Duncan.

Se acomodaba en la mesa de Bruno esperando un espresso. Había pocos clientes a esa hora en el Condesa, y el chorro de agua que caía de un caño sobre la pileta inundaba con su rumor el patio, sedando el ambiente.

—Lo mío es la historia, no la literatura –aclaró Bruno y soltó una sonrisa incómoda ante los penetrantes ojos de Duncan. La cabellera completamente canosa del inspector y su barba también blanca, recortada con esmero en los bordes, contrastaban con sus cejas negras, espesas, y le conferían, junto con las arrugas en el ceño, un aire escrutador, un aspecto entre malhumorado y reflexivo. Pese al calor, vestía enteramente de negro: mocasines, pantalones y camisa safari–. Como le dije, lo mío es la historia de la utopía y el infierno.

—La utopía y el infierno no son más que literatura –dijo Duncan–. Hace años conocí en Estocolmo a un escritor latinoamericano que pensaba que todas las vidas humanas están ya descritas en alguna novela aparecida en algún lugar del mundo, y que se trata de ubicar esa novela para saber qué le espera a uno.

—Deprimente. Según eso, no tendríamos escapatoria.

—Se llamaba Cristóbal Pasos, terminó descerrajándose un tiro en la sien. A lo mejor eso ya estaba en una novela. Usted, y discúlpeme la comparación, no confía mucho tampoco en el ser humano.

—¿Por qué lo dice?

—Supongo que usted cree que los seres humanos necesitan de garrote y zanahoria para vivir: utopía para los que se portan bien, infierno para los que se portan mal. Eso sí es literatura, doctor Garza. Al menos el Papa anterior se percató de tanta redundancia en su doctrina.

—¿A qué se refiere?

—Antes de morir afirmó que el infierno no existía. ¿Se dio cuenta de eso? Claro, si a una persona corriente lo bombardean en Bagdad o un maremoto le lleva su familia para siempre, o un huracán le aniquila cuanto tenía en Nueva Orleans, es difícil seguir hablando del infierno como un castigo por venir. El infierno es este mundo, lo demás es redundancia teológica, doctor Garza.

La dependienta colocó la tacita frente a Duncan, y él extrajo un pequeño sobre de sacarina de un bolsillo de su chaqueta. Endulzó el espresso en silencio. Tenía las manos lisas y las uñas rosadas de quien se dedica al trabajo intelectual. Revolvió con calma, mirando a Bruno a los ojos, sin hacer comentarios.

—No creo que usted haya venido hasta aquí sólo con el propósito de hablarme de filosofía –dijo Bruno para eludir el peso de su mirada.

—Tiene razón –repuso Duncan, y sorbió el café con calma, luego se reclinó en el asiento y comenzó a acariciarse la barba–. Lo que me interesa es otra cosa.

—Dígame, entonces –Bruno decidió olvidar la mentira de que estaba a punto de iniciar una excursión, pues Duncan sabía más de él de lo que había supuesto. Lo mejor, se dijo, era observarlo, dejarlo actuar, ver hacia dónde dirigía sus pasos. Además, él no tenía nada que temer, años que no sabía nada de Fulki Manohar.

—Usted no me mencionó que la señora Manohar fue amante suya –dijo Duncan a quemarropa, clavándole unos ojos fieros, aunque tranquilo, sin perder el aplomo.

—Usted no me lo preguntó –Bruno tartamudeó pálido–. Fue algo fugaz, sin importancia.

—Fue amante suya y estaba casada con Manohar –afirmó Oliverio Duncan sin dejar de acariciarse la barba con movimientos pausados, con la vista puesta ahora en alguien o algo que estaba detrás de Bruno y que él no alcanzaba a ver.

Bruno replicó inseguro:

—Ya sabe, inspector, son cosas que pasan y que uno hubiese preferido no ocurriesen…

—¿Su esposa lo supo?

—No.

—Sí lo sabía el señor Manohar –dijo Duncan y carraspeó–. Y él lo ubica a usted perfectamente –agregó a la vez que cruzaba una pierna sobre la otra y apoyaba los brazos en su silla, dueño de la situación–. Lo suyo con Fulki no fue pasajero. Hubo incluso un detective privado, contratado por Manohar, que estuvo siguiéndolo a usted.

Bruno bebió desconcertado un sorbo del café con leche. Lo que el inspector acababa de revelarle lo atemorizaba. ¿El marido de Fulki sabía todo, todo, al igual que Fabiana? Entonces, ¿cómo era posible que su mujer hubiese podido chantajear a la hindú si su esposo ya estaba al tanto de la infidelidad? ¿Quiénes eran en suma los engañados?

—Duró un par de meses, medio año, diría yo. Ignoraba que el marido estuviese al tanto de la situación y que me hubiese mandado a espiar.

—No lo espió durante la aventura, de la cual nada sabía. Un detective viajó a su ciudad cuando usted y Fulki ya habían roto. Manohar quería cerciorarse de que usted había dejado tranquila a su esposa, y quizás buscaba otro motivo para destruir su carrera académica, digamos una aventura suya con otra estudiante…

Bruno lo sabía bien: en la universidad estadounidense estaba absolutamente prohibida toda relación sentimental con estudiantes. La violación de esa norma podía acarrear la expulsión del establecimiento bajo acusación de acoso sexual. Representaba la pesadilla y el fin de la carrera de cualquier facultativo. Las muchachas, bellas, sensuales y provocativas, a veces incluso dispuestas a ofrecer sus atributos por una nota, eran la utopía y el infierno de un académico al mismo tiempo. Paseaban por los pasillos, deseables, como la fruta prohibida del paraíso. Ahora caía en la cuenta que se había salvado sólo porque el despreciable de Manohar, que en rigor había comprado con su dinero una muchacha que bien podía ser su nieta, simplemente no lo había destrozado por miedo a quedar en público como el gran cornudo que era.

—¿Fulki Manohar nunca le comentó que tenía otro amante? –preguntó Duncan antes de volver a saborear el espresso.

—Sólo hablábamos de nosotros, de nuestras familias y vidas; en fin, nunca me mencionó que tuviera otro amante –repuso Bruno inquieto. Percibió que el inspector intentaba involucrarlo en el asunto–. Incluso me dijo que era la primera vez que ella tenía una aventura, que nunca le había sido infiel a su esposo…

—No nos pongamos moralistas, doctor Garza. ¿Nunca le habló ella de otro amante?

—Nunca.

—¿Ni de enemigos, de alguien que pretendiera hacerle daño?

—No puedo recordar nada parecido, inspector.

—¿Por qué cree usted que ella lo llamó antes de desaparecer?

—No sé. Tal vez mantenía mi teléfono en su memoria y lo activó sin quererlo.

—¿Seguro que su esposa no se enteró de la aventura? –un fulgor repentino en los ojos de Duncan, el modo lento y estudiado en que desplegó los brazos sobre la superficie de la mesa, todo eso le indicó a Bruno que Duncan desconfiaba de él y Fabiana.

—Absolutamente, inspector. Ella nunca lo supo.

—Es probable que mañana deje este país, pero confío en que podré ubicarlo a través del celular, doctor Garza. Bueno, deseo que disfrute su descanso. Y, por favor, no eche en saco roto lo que le conté sobre la teoría de Cristóbal Pasos…

22

*A través de esa colonia de hombre impregnada en el cuello de mi
madre seguí percibiendo al desconocido que usaba sombrero Al
Capone. Todo se derrumbó de un envión la tarde en que volví a
alegrarme a mares porque mamá, ahora sólo dedicada a mí, me
llevó a pasear al centro de la capital. Fue cuando el automóvil
negro se detuvo suavemente junto a nosotras, que esperábamos el
crepúsculo sentadas en un banco, contemplando los gorriones que
se guarecían en los árboles de la Plaza de la Constitución y el
frontis del Palacio Presidencial. Acabábamos de ver una película de Walt Disney, admirar los escaparates cercanos a la Catedral y de servirnos batido de mango en el Café Europa. La luz
menguaba y los buses pasaban tosiendo con su carga de pasajeros. Lo recuerdo como si fuese hoy: el coche se detuvo y mamá soltó un grito de sorpresa, tal vez de alivio, y ambas, yo en el asiento
de plástico pegajoso, mamá en la butaca delantera, comenzamos
a recorrer en silencio las calles de la ciudad.*

*Al Capone conducía lento, con ambas manos sobre el volante
nacarado, señalando desde la butaca hacia las arcadas de una
ciudad que entonces era segura y amable, donde la gente bien aún
paseaba por el centro y los ancianos se asoleaban en los escaños de
las plazas. Mamá respondía con entusiasmo a las preguntas y re-
mataba sus palabras con una sonrisa fresca, inclinando la cabeza hacia el hombre de sombrero y bigotes. Sí, mamá le obsequiaba
sonrisas y él, enfundado en su terno café, repetía ciertas preguntas
en susurro, de modo que yo no alcanzaba a entenderlas. Él solta-
ba una carcajada estentórea a través de las ventanillas abiertas,
acercaba su rostro al de mamá y le decía cosas al oído. Por un segundo, cuando yo observaba la vitrina de una tienda con vestidos*

de novia, vi el fulgor del anillo del hombre en el instante en que rozó fugaz la mejilla de mamá. Una argolla de oro; ahí supe que era casado. Aquel coqueteo de adolescentes se prolongó ese día sin que yo me enterase de qué hablaban ni qué planeaban, sintiéndome intrusa en aquel coche en penumbras. Tras la ventanilla la ciudad discurría como en una película: la arteria central con sus tiendas y cafés, la calle de los ambulantes, la calle del mercado, la del Palacio Presidencial con su plaza, las líneas rectas del moderno Teatro Nacional, el frontispicio de la Catedral con su fachada ceniza, los campanarios agrietados de las iglesias y los postigos rotos de los antiguos palacios, los letreros deslavados de hoteles que pronto cerrarían para trasladarse a barrios pujantes, y los portales descascarados en los que la gente esperaba el bus entre perros husmeadores.

Intuí que aquel encuentro no era casual y lo corroboré más adelante, cuando la presencia del hombre se hizo constante sin necesidad de que franqueara el umbral de nuestra casa. Invadía los espacios con su colonia ácida, que impregnaba a veces la almohada de la cama de mamá, o bien con llamados telefónicos reiterados y ramos de flores que ella acomodaba en el florero del comedor, en la misma mesa donde años atrás habían interrumpido nuestro almuerzo para traernos la noticia de la muerte de papá. A esas alturas yo ya sabía con quién salía mamá después de la lluvia de las cuatro de la tarde para volver por las noches, con el semblante pálido, ojeras y las pupilas encendidas. Cuando yo osaba preguntarle con quién había estado, ella respondía:

—Con un viejo amigo de la familia.

Hasta que un día descubrí en su clóset un sostén rosado, diminuto y con flores, prenda que jamás había visto entre su ropa.

—¿Y esto? –le pregunté mostrándosela en el living de casa, cuando mis hermanos dormían.

—Un soutien –repuso mamá con naturalidad–. Algo que apreciarás cuando seas grande.

—No te pregunto por la prenda, mamá, sino por qué la usas.

La sonrisa se desdibujó bruscamente en su rostro. Los celos se apoderaron de mí encendiendo mis mejillas, inyectándome un odio terrible contra ella y su deslealtad hacia mi padre. La prenda era otra prueba de que era amante del hombre a quien yo despreciaba y que jamás podría sustituir a papá. En lugar de conservar el luto riguroso que le correspondía, mi madre combinaba faldas cortas con blusas escotadas, y en días de sol vestidos alegres con sombreros a la moda. Y ahora recurría a una lencería rosada. ¿Quién, sino el hombre del coche negro, la impulsaba a vestirse así? Aquel sostén era la prueba de que continuaban los encuentros supuestamente casuales con Al Capone, los paseos en coche por la Avenida de la Reforma, las llamadas telefónicas cuando yo estaba en el colegio. Esa prenda era la prueba de que mamá tenía un amante, de que era infiel a la memoria de papá. Alma me postergaba frente al desconocido, me negaba la atención que yo merecía al despuntar a la vida. La frustración, lo advertía yo al mirarme en el espejo, iba esculpiendo en mí el sello de una belleza deslavada y melancólica.

23

Al día siguiente de haber conversado con Oliverio Duncan, Bruno recibió del Casa Santo Domingo indicios confirmados, aunque absolutamente desalentadores, con respecto a su esposa. Todo indicaba que Fabiana había llegado al establecimiento dos semanas atrás, que había permanecido allí durante tres noches y que posteriormente se había marchado con rumbo desconocido. La administración no podía descartar, sin embargo, que hubiese permanecido por más tiempo en el hotel, aunque bajo otro nombre, puesto que nadie recordaba su rostro con exactitud. La tarde anterior habían logrado asimismo confirmar un llamado breve hecho desde su habitación. El número correspondía al de su casa, junto al río, y Bruno recordaba que ese día ella le había entregado sus coordenadas en un tono que no le despertó suspicacias.

—Es probable que la señora se encuentre ahora en las pirámides de Tikal, en el bellísimo pueblo de Chichicastenango, o bien en el lago Atitlán –agregó la ejecutiva del hotel a cargo de informarlo.

—O que haya salido del país –dijo Bruno.

—Tampoco hay que descartar esa opción –reconoció ella con inquietud–. Pero los turistas suelen utilizar Antigua de los Caballeros como base para giras por el país. Y muchas veces tienen en ellas problemas para comunicarse con el exterior. ¿O prefiere que lo ayudemos a dar cuenta de todo esto a la policía, señor?

Salió a caminar por la ciudad sin rumbo determinado, tratando de ordenar en alguna medida sus ideas. ¿Debía dar la voz de alarma a las autoridades o tolerar discretamente que Fabiana siguiese buscándose a sí misma? Por lo demás, ella le había informado mediante mensaje electrónico que no volvería. El asunto no era, por lo tanto, una cuestión de carácter policial, sino simplemente matrimonial. Tampoco debía reaccionar como un atolondrado hombre sin mundo, que interpreta un alejamiento temporal y voluntario de su mujer como un secuestro o accidente, siendo incapaz de comprender que, dadas las circunstancias, la separación momentánea era tal vez lo más aconsejable y civilizado.

No supo cómo llegó hasta la bien surtida librería de la Calle del Arco, algo inusitado en ciudades centroamericanas, donde esos locales son a menudo simples paqueterías. Allí notó de inmediato la presencia de la turista francesa, lo que lo reanimó. Era como si su agobio se desperfilara súbitamente, iluminado por el encuentro. Se le acercó con sigilo por la espalda y le preguntó si se hospedaba también en el Casa Santo Domingo. Le pareció que ella, mientras le respondía que alojaba efectivamente allí, se ruborizaba. Hablaron unos instantes sobre la belleza de Antigua, y la mujer lamentó que no hubiese un volumen de fotografías de la ciudad con texto en francés.

—Pero usted, con lo bien que habla español, no necesita un libro en francés –dijo Bruno.

—No es para mí, sino para un amigo –repuso ella. Tenía mejillas rosadas y el rostro fino y alargado, como las mujeres de Modigliani–. Además, no es lo mismo hablar un idioma que sentirlo.

La invitó a servirse algo tras mencionarle que la había divisado, en compañía de un grupo, en el restaurante del Casa Santo Domingo y en el Café Condesa. Ella repuso que le fascinaba el hotel y que había ido varias veces al

Condesa, no por el café, que era de regular calidad, sino por su ambiente sosegado.

—Además, tiene una historia macabra –agregó–. ¿Sabe por qué lleva ese nombre?

Bruno lo ignoraba.

—En el siglo dieciocho, el conde, dueño de la mansión donde está hoy el local, viajó fuera de Antigua por un tiempo, y al volver sorprendió a su mujer con un amante –dijo la francesa mientras caminaban bajo el sol de la mañana–. Su venganza fue horrible, emparedó a los amantes en una ampliación de la propiedad.

—Debe ser leyenda –aventuró Bruno.

—No crea. Cuando hace unos años se restauró la mansión, los albañiles encontraron detrás de unos muros dos esqueletos humanos, vestidos y abrazados. Eran ellos.

La francesa se llamaba Françoise y era oriunda de Granville, puerto de la Normandía. Soltera, a punto de casarse, era ingeniero y trabajaba en una empresa de servicios computacionales de Chartres. Sí, la ciudad de la gran catedral gótica, la catedral que Fabiana tanto admiraba, pensó Bruno. Se había unido al grupo de colegas que viajaban con sus parejas porque deseaba poner distancia entre su vida cotidiana en Chartres y la que iniciaría dentro de poco, cuando contrajese matrimonio.

—Raro que no haya venido con su prometido –apuntó Bruno. Le parecían atractivos los pómulos salientes, la barbilla levemente angulosa y los ojos color miel de la mujer. Su melenita corta y su cuerpo espigado, de caderas estrechas y hombros filudos y bronceados, la asemejaban en alguna medida a un muchacho.

—Él es católico observante y prefiere que nuestra vida en común se inicie después del matrimonio, no quiere rumores de ningún tipo. No abundan hoy hombres tan respetuosos. ¿Verdad? –preguntó ella mientras atravesaban, bajo el sol abrasador, la Plaza de Armas y se refugiaban en el ambiente fresco de un café italiano con las ventanas abiertas de par en par. Por sus parlantes llegaba una canción de Shakira.

—Para serle franco, no me sorprende la religiosidad de su novio, pero sí la decisión suya de marcar una cesura entre ambas etapas lejos de él –repuso Bruno recordando a alumnos suyos, conservadores, que se comprometían a llegar vírgenes al matrimonio. Eran partidarios del creacionismo y de que la Tierra tenía cinco mil años de antigüedad–. ¿Está insegura?

Se sentaron junto a una ventana, por la que se filtraba el ámbar de la mañana. Ordenaron cortados. El día comenzaba a calentar con fuerza y el cielo despejado no presagiaba sorpresas.

—No –replicó Françoise seria. Enlazó sobre la mesa sus manos de uñas sin pintar–. Pero una necesita imaginarse cómo será la próxima etapa en la vida, por ello me vienen bien la calma y la soledad.

—Es imposible imaginarse en abstracto la vida matrimonial. Se lo dice la experiencia. Simplemente hay que vivirla, lanzarse juntos a la piscina.

—¿Usted es casado?

—Sí, pero sospecho que estoy en un proceso inverso al suyo.

—No entiendo.

Bruno esperó a que el mozo colocara los cortados sobre la mesa.

—Usted salió de Europa para imaginarse la vida sin el hombre que la espera allá –explicó–, y yo salí de Estados Unidos porque mi mujer huyó de casa y se instaló, en algún momento, en Antigua de los Caballeros.

—Lo siento. No quería inmiscuirme en su vida.

—No se preocupe –dijo él buscando sus ojos, que se le

escabullían como los de un animal asustado que usted huye de algo que yo busco.

—No estoy huyendo de mi novio –aclar mientras revolvía la tacita blanca coronada con e miraba hacia el adoquinado. Afuera un hombre de sombrero y traje abría los postigos de una tienda de antigüedades–. Sólo deseo pasar sin compañía mis últimas semanas como soltera. Quiero sentir esa transición con claridad.

—No es mala idea.

—¿Y a usted realmente su mujer lo abandonó? –preguntó Françoise con desparpajo.

—Digamos que se fue de casa y la única pista que tengo es que se hospedó en el Santo Domingo hace poco.

—Que usted la busque es señal de que la ama, supongo.

—Al comienzo creí que buscarla era lo que me correspondía, la amara o no la amara. Pero después he comenzado a recordar lo que ha sido nuestra vida y me sucedió algo curioso: constaté que recién ahora, recordándola, imagínese, tras años de vida en común, la estoy conociendo.

Françoise lo miró extrañada.

—Yo pensaba que iba a tener a Fabiana para siempre conmigo –añadió Bruno– y por eso nunca le presté atención. Pero ya no la tengo. Y puede ser que ya no la ame, pero sí me atrae reconstruirla a partir de los retazos de mi memoria. ¿Me entiende?

—Trato. ¿La ama o no? Esa es la cuestión.

—No sé por qué le confieso esto a alguien que apenas conozco. A lo mejor porque nunca más volveremos a vernos. No sé si la amo, pero comienza a fascinarme rescatarla de mi memoria. Me agrada convertirla de un ser enigmático en uno familiar.

Françoise lo observaba en silencio, sin reflejar emoción en su rostro, y Bruno se preguntó si no habría cometido un error al revelarle sus sentimientos.

—Lo que a usted le falta es saber si la ama o no, después encontrarla y contarle la verdad –dijo ella–. No sé cómo decírselo, pero su franqueza sobre estos asuntos me lastima. Usted efectivamente está al final de una etapa que yo recién inicio…

24

Lo que yo ignoraba era que el tío Constantino seguía, después de tantos años, espiando a mamá. Estaba convencido de que como ella era pecadora sin vuelta, en algún momento terminaría sucumbiendo ante la carne en lugar de ajustarse a la vida llena de renuncias que se esperaba de una viuda digna.

Un fin de semana que mamá nos dejó al cuidado de la niñera de nuestro hermano enfermo, pues viajaba a El Salvador a buscar trabajo, llegó el tío Constantino sorpresivamente a casa. Era sábado por la mañana y el tío parecía un jaguar en busca de su presa. Al enterarse que mamá no estaba, se marchó de inmediato, dejándome sumida en la inquietud. ¿Por qué había llegado preguntando por su cuñada y por qué había desaparecido iracundo al no encontrarla?

Ese sábado por la noche, el tío dio con mamá y su amante de bigotes en un hotel costero de El Salvador. Al fin fructificaban sus esfuerzos por demostrar a la familia que Alma era una viuda indigna de la memoria de su esposo y pésimo ejemplo para los sobrinos.

Ignorando lo que ocurría esa noche, yo esperaba con lágrimas en los ojos, aferrada a los barrotes de la ventana, bajo las estrellas que titilaban sobre la finca, el regreso de mamá. Los amantes habían cenado y bailado en un local y ahora yacían desnudos, abrazados, a media luz, en el lecho. Fue entonces que Constantino descerrajó de una patada la puerta de la cabaña y encendió la lámpara.

Dicen que mamá no pudo dar crédito a sus ojos, que sólo atinó a cubrir su cuerpo con las sábanas y a temblar de miedo, mientras su amante salía de la cama desguarnecido, alzaba los brazos *y rogaba no les hicieran daño. Nadie sabe a ciencia cierta lo que dijo entonces el tío, porque las versiones al respecto son confusas y contradictorias; pero muchos familiares coinciden en que Constantino iba acompañado de cuatro guardaespaldas y un notario capitalino. Por ahí se cuenta que el tío dijo algo así como:*

—¡Eres el peor ejemplo para tus hijos, Alma Campos Mendieta, ni una puta le hace esto a sus críos! No mereces tener a mis sobrinos. No vuelvas a tu casa hasta el domingo, es lo único que te pido.

—¿Qué pretendes? –gritó mamá desde la cama. Nunca antes le había elevado la voz a su cuñado. Se sentía impotente, intuía que no tenía escapatoria y que la desnudez que le impedía salir de la cama para abofetear a Constantino era la metáfora exacta de su impotencia. Constantino no la escuchaba, o hacía como si no la escuchase, y recogía ahora las prendas de la pareja y las echaba en una bolsa mientras los fogonazos de la cámara del notario iluminaban la escena.

—Ya te dije lo que tenía que decirte –bramó el tío apuntándola con el índice, los ojos inyectados en sangre, una venita palpitando en su frente–. Así que sigue revolcándote con tu amante hasta el domingo, y no te me cruces nunca más en el camino, nunca más, que para destruirte me basta sólo dar una orden.

Dicho esto, flanqueado por sus hombres, Constantino se marchó con la ropa de los amantes. Mamá rompió a llorar entre las sábanas. Había entendido la amenaza y sabía que su cuñado era de temer. Mientras tanto, en la finca, yo seguía aferrada a los barrotes de la ventana a la espera de que los faroles del coche negro horadaran la noche interminable.

25

Fue en el refectorio del Casa Santo Domingo, cuando ya tenía la impresión de que Antigua comenzaba a envolverlo en su sosiego, impidiéndole pensar con claridad, que volvió a encontrar a Françoise. Desayunaba sola leyendo el diario. Un discreto cintillo negro ordenaba su melena, llevaba una túnica blanca de algodón y sandalias. Bruno tomó asiento a su lado, a la sombra del jacarandá.

—¿Cómo va tu búsqueda? –preguntó la mujer apartando el periódico. En la portada de *Prensa Libre* aparecía el cadáver de Ángel Centurión en una cuneta de la Calle del Calvario. El titular decía que se trataba de un empresario local y que los asesinos lo habían apuñalado.

—Mi búsqueda no avanza –dijo Bruno sin poder levantar la vista de ese cuerpo caído de bruces en un canal de aguas servidas–. Sigo sin saber dónde está mi mujer –añadió.

—No es un buen lugar para mujeres solas –dijo Françoise y apuntó hacia el cadáver–. Ocurren cosas terribles.

—Debe ser ajuste de cuentas –dijo Bruno, y le vino a la memoria el octavo círculo del infierno del Dante, donde sufrían tormento los fraudulentos. Allí la imagen del fraude la representaba Gedión, repugnante bestia con rostro de hombre bondadoso y cuerpo de serpiente, con garras y cola de escorpión–. Seguro no respetó algún acuerdo.

—Da lo mismo. Lo cierto es que estamos en una ciudad peligrosa.

Así era el país completo, pensó Bruno, música de marimba y balazos, gestos amables y ajusticiamientos, palabras suaves y venganzas atroces. Pese a todo, le dijo a Françoise, Antigua de los Caballeros seguía siendo un oasis en Centroamérica, un sitio seguro que visitaban turistas de todo el mundo. Desgraciadamente esa era la forma, en verdad salvaje, primitiva y sangrienta, lo admitía, en que en ese país se arreglaban ciertos temas. Pero ellos, como turistas, no tenían nada que temer, afirmó no del todo convencido.

—En fin, tú sigues buscando a tu mujer —afirmó Françoise.

—Y tú escapando de tu hombre.

—Vamos a ver quién tiene más suerte y logra primero lo suyo —repuso ella con ironía.

Bruno prefirió guardar silencio. Había intuido desde el comienzo que a Françoise la atormentaba la incertidumbre sobre su futuro. Algo, algún desajuste, que él no conocía, la empujaba a buscar refugio a miles de kilómetros de su prometido poco antes de la boda. Era curioso, tanto ella como Fabiana escapaban de sus hombres para buscar refugio en otros mundos. Se preguntó si eso comportaba una fórmula socorrida entre las mujeres: dilucidar crisis amorosas interponiendo distancia entre ellas y el objeto del amor o la decepción. Las mujeres atacaban escapando, pensó. Françoise le anunció que se marchaba al día siguiente con sus amigos hacia Tikal, donde proyectaban visitar las pirámides mayas.

—Es una lástima —apuntó Bruno—, me estaba acostumbrando a conversar contigo.

—Culpa del itinerario. Por otro lado, me alegra dejar esta ciudad con crímenes brutales.

—¿Y qué piensas hacer? ¿Te casarás? —le preguntó Bruno a quemarropa, sorprendido que el destino de la mujer comenzara a ser de pronto de su incumbencia.

Ella se encogió de hombros.

—Lo mejor es dejar que el tiempo pase –dijo–. Una vez en Chartres, decidiré.

—Si crees que el tiempo tomará la decisión por ti, te equivocas. En unos días estarás de nuevo ante lo mismo.

—Es posible, pero será otro momento –dijo ella. Había pocas personas en el refectorio y a través del aire grato de la mañana llegaban gritos de niños–. Además yo, hoy, aquí, y mañana en la selva del Petén, no podré tomar decisiones. Sólo lo haré cuando me reinstale en la rutina francesa y los asuntos sean impostergables.

—Te advierto, Françoise, que para casarse hay que estar completamente convencido. El matrimonio es una maratón, y si te merece dudas antes de la partida, mejor ni casarse. Es como las naves que lanzan al espacio: si al despegar tienen una desviación de un milímetro con respecto al objetivo, al final yerran por miles de kilómetros.

—¿Sabes? –dijo ella tras limpiarse los labios con la servilleta–. No sé por qué te cuento mis cosas.

—Porque ningún conocido tuyo podría enterarse de ellas por boca mía. Es un desahogo sin consecuencias. ¿Sabe tu novio de tus dudas?

Ella bajó la vista y sus manos jugaron con la servilleta sobre la mesa.

—¿Qué crees?

—Imagino que lo llamaste y le dijiste que necesitas pensar y estar sola, que no es una decisión en contra de él, sino a favor tuyo, que no hay otro hombre...

—Jean-Jacques es bondadoso, emprendedor y me quiere –dijo pensativa, pero con aire tierno–. Ha planificado la boda con esmero y yo lo destruiría si le digo que estoy dudando.

—Entonces será peor. Van a ser dos los que irán engañados al matrimonio.

—No podría confesarle lo que te he dicho a ti.

Bruno sintió emerger entre ellos una excitante e inesperada complicidad. Esa mañana, al ver a Françoise, había supuesto que sólo hablarían en forma fugaz y evasiva de sus problemas, y que se despedirían para no verse nunca más. Era, por cierto, lo que suele ocurrir entre turistas en los hoteles y aeropuertos del planeta. Sin embargo, ahora estaban allí como esas parejas que se conocen bien y saben comunicarse hasta mediante silencios.

—Quiero que me acompañes al cuarto –dijo Françoise al rato–. Me gustaría entregarte un libro de Chartres. Eres la única persona con quien he compartido mis dudas…

Caminaron por los pasillos, junto a los jardines y las piletas del hotel, entre fragancias exóticas y muros de piedra, y ascendieron al segundo piso. Ella tenía un aposento amplio, de paredes ocres y cielo combado, con muebles coloniales y óleos de marcos dorados, un espacio fresco y acogedor. Ante ellos, más allá de las mamparas que se abrían a un balcón con balaustrada de hierro forjado, coronado con agapantos y claveles, se extendían los magníficos jardines del Casa Santo Domingo.

26

Ella se detuvo en medio del cuarto, se despojó de las sandalias y descorrió el velo de la puerta del balcón. La brisa que bajaba del volcán del Agua, despeinando cafetales, infló la tela por unos instantes. Françoise clavó sus ojos color de miel en los de Bruno mientras deshacía los lacitos que sujetaban la túnica de sus hombros. El vestido se deslizó a lo largo de su cuerpo, dejando al descubierto una desnudez de armonía insospechada.

Bruno retrocedió unos pasos para contemplar la línea de sus muslos firmes, la cadencia suave de sus caderas y la envergadura rotunda de sus pechos, y pensó con estupor en el novio francés que se negaba a acariciar ese cuerpo apetecible que ahora se le ofrecía como despedida en el trópico.

—Desvístete –dijo ella. Cogió a Bruno de una mano y se recostó de espaldas sobre los huipiles que cubrían el lecho.

Cuando Bruno se tendió sobre su cuerpo, percibió su piel palpitando contra la suya, y la delicada fragancia que envolvía su cuello. Sintió súbitamente que el deseo lo conquistaba con la misma intensidad de antaño. Se dejó recostar de espaldas y gozó el húmedo paseo de la lengua de Françoise por su pecho, por la hondonada de su ombligo, y la selva que circundaba la raíz de su verga. Lo erizó el estrangulamiento acompasado al que lo sometieron los labios de la mujer. Después ella se montó sobre él con los ojos entornados, como si prefiriese ignorar con quién hacía el amor, y guió con delicadeza el miembro endurecido hacia su misterio húmedo y profundo. Entonces sus caderas iniciaron un vaivén sinuoso. Bruno sintió que yacía en un bote a la deriva, en un lago solitario de aguas calmas, y recordó la mañana, hace mucho, cuando apenas era un adolescente e hizo por primera vez el amor con una mujer experimentada. Ella tenía el doble de su edad, era delgada y de senos pequeños y ojos verdes; le había enseñado a menearse con parsimonia, a comprender que el placer no estaba en su clímax, sino en la prolija exploración que a él condujera. Le enseñó que el truco no residía en buscar su propio goce, sino el de su compañera, y que si memorizaba esa lección nunca le faltarían mujeres. Y ahora, mientras abrazaba a Françoise, los velos de la ventana, batidos por ráfagas de aire tibio, jugaban como un prestidigitador con los contornos distantes del volcán del Agua.

Se alejó aquella mañana de Françoise sintiendo que ese encuentro, ligeramente modificado, lo había vivido, bajo otras circunstancias, años antes. Entonces, en medio de la crisis con su mujer, había conocido a la cubana y a la hindú; aventuras paralelas habían estado a punto de derrumbar el matrimonio. Pero si no lo habían logrado en el pasado, lo estaban logrando ahora, pensó Bruno. Sentía como si sus antiguas amantes estuviesen ejerciendo una venganza a posteriori, como si el pasado se aferrase al presente al igual que una hipoteca perpetua sobre su felicidad, una felicidad en la que Fabiana parecía creer con vehemencia desesperada, pero de la cual Bruno desconfiaba.

Ahora que caminaba aspirando el aire prístino y delgado de Antigua de los Caballeros, viendo al final de la calle la silueta imponente del volcán del Agua y la de los montes verdes que circundan la ciudad, ahora que vagaba fisgando a través de los barrotes hacia los cuartos en sombra de las casonas coloniales, entre turistas premunidos de camaritas y mujeres mayas que equilibraban canastos con verdura y fruta en la cabeza, temía que la francesa de ojos color miel, de sandalias de cuero y vestido de lino, esa mujer sitiada por la incertidumbre, echara raíces en su vida. De algún modo intuía que ella representaba un obstáculo en sus planes para encontrar a Fabiana, a quien necesitaba y había jurado que jamás volvería a serle infiel.

Hubiera preferido abandonar Antigua de los Caballeros aquel mismo día por temor a Françoise, pero hacerlo equivalía, paradójicamente, a dejar a Fabiana al garete. Tal vez su mujer no estaba lejos, a lo mejor se ocultaba en algún hotel cercano, o en la finca de un familiar, esperando que él la hallara para recomenzar todo, o al menos para conversar sobre lo pendiente. Recordar esa etapa pretérita era reabrir una herida vieja, la peor que había sufrido en su vida. A veces tenía la impresión breve pero nítida, como fogonazo inesperado, que los episodios del maldito adulterio habían averiado de modo irreparable el casco de esa nave que era su matrimonio, inhabilitándolo para surcar los mares a menudo tormentosos de la vida en pareja. Más de alguna trizadura permanecía disimulada bajo la herrumbre de ese casco, una trizadura mínima pero maligna, capaz de partir en dos la nave, de causar el naufragio incluso en las tardes en que planean los pelícanos y en la superficie lisa del mar juegan las toninas.

Intuía por experiencia propia que la francesa comportaba un peligro serio para él. Algo en ella, quizás la incertidumbre que la corroía con respecto al novio, la tornaba vulnerable, y ante él, más atractiva. De regresar, Fabiana jamás le perdonaría una aventura como esa, a pesar de que su ausencia lo invitaba a desbrozar su propio camino. Porque para ella el amor y el sexo navegaban en el mismo bote, aunque para él, como para sus amigos, el amor y el sexo podían ir perfectamente en embarcaciones diferentes. El placer deparado por el sexo, la carne pura y afiebrada, podía ser parte del amor, pero no siempre lo era. El amor y el deseo podían confluir en ciertas ocasiones, pero en otras podían correr por carriles separados, especialmente en su caso, algo que Fabiana jamás aceptaría, ni siquiera desde la distancia. Las amantes le habían deparado experiencias voluptuosas, confesiones excitantes, complicidades dispuestas a explorar los extremos del erotismo y amistades sustentadas en la búsqueda del placer. Aunque ahora esas mujeres le resultasen vagas, casi irreales, la evocación de los encuentros con ellas lo rejuvenecía. Sin embargo, ese recuerdo se circunscribía a cuerpos jadeantes y sudorosos ejecutando una gimnasia perpetua, a lenguas ávidas, manos diestras y pliegues embriagadores, a frotaciones embriagadoras, pero nunca le brindaba el equilibrio y el sosiego, propio del remanso, de Fabiana.

Recostado en la cama del Casa Santo Domingo tuvo de improviso la convicción de que Françoise le mentía, que no era dueña de su situación, que no estaba en el trópico para transitar ordenadamente de la condición de soltera a la de casada, sino para huir de la incertidumbre que la carcomía en relación con su futuro. Su mirada a ratos esquiva, su voz trémula, los silencios prolongados y sus preguntas imbuidas muchas veces de ingenuidad, dejaban entrever la duda que la atormentaba con respecto a su novio. Esa actitud le recordaba a Bruno las tribulaciones que años atrás advirtiera en la hindú ahora desaparecida, y las de la cubana casada con un predicador fanático que la hastiaba. Sí, esas relaciones habían surgido bajo los mismos síntomas de soledad y desorientación que exhibía Françoise, al calor de confesiones inesperadas hechas por ambas mujeres sobre sus maridos.

Fulki se había casado con Manohar, empresario de origen indio radicado en San Francisco, en un matrimonio pactado por su padre. Al cumplir los dieciocho años, ella sería desposada por Manohar y viajaría de Calcuta a Estados Unidos, donde viviría en una imponente casona frente al Pacífico. Sin embargo, cuando ella tenía diecisiete años y sin que amase a su futuro esposo, pues nunca lo había visto en persona, le obsequió su virginidad a un compañero de escuela de quien se había enamorado. Lo hizo en el lecho junto a la ventanilla de un tren que corría de un extremo al otro de la India. Se habían amado durante catorce noches y días, siete de ida y siete de vuelta, saliendo apenas del compartimiento que el muchacho había alquilado para esa luna de miel clandestina. Cuando Fulki regresó a casa y le confesó todo a sus padres, éstos conservaron el secreto para que ella pudiera casarse y ellos salir de la pobreza. Al cumplir los dieciocho, cumplió el pacto y viajó a Estados Unidos, tal como estaba estipulado. Nunca se enteró el marido de lo ocurrido con el himen de su mujer, porque él sufría de eyaculación precoz y ansiaba formar un hogar con una mujer de su misma cultura.

Fulki se había dedicado a su marido, a los hijos y el hogar, sin que nunca nadie le preguntara si era feliz. Años más tarde, cuando vivía convencida de que a su edad el amor era una ilusión sólo presente en las novelas románticas, y suponía que la gran pasión de su vida había muerto en una riña callejera o una revuelta religiosa en algún tugurio de Calcuta, había conocido a Bruno en Berkeley, hasta donde él había llegado a impartir una conferencia sobre el infierno. Para ella, la lejana resemblanza de Bruno con su amor imposible había definido de inmediato las cosas. Al cabo de unos días comenzó a viajar hasta la ciudad de Bruno, donde se instalaba en el cuarto de un hotel céntrico, al que él llegaba por unas horas. Después de citas fugaces y febriles, que ella disfrazaba ante su esposo como reuniones con amigas, Fulki estaba dispuesta a divorciarse con tal de hacer realidad lo que había aprendido en Estados Unidos: que una mujer tenía derecho a vivir con el hombre que amaba.

—Eres un ingenuo –le reprochó Fabiana con ojos iracundos cuando él, sitiado por cartas y fotos que probaban sus aventuras, tuvo que confesar los detalles–. Esa historia de mujer infeliz se la debe haber contado a todos los amantes con los que engañaba y debe seguir engañando al marido.

Algo semejante había ocurrido con la pelirroja de cabellera aleonada de Miami, recordó Bruno, mientras miraba hacia el cielo azul a través de la ventana abierta del cuarto: vivía frustrada e insatisfecha junto al marido, un predicador religioso al que las escrituras de su secta le habían secado el seso. La cubana, madre de adolescentes, opinaba que la vida la había malcriado en términos económicos, pero atormentado en el amor. Continuaba junto al esposo por conveniencia, y porque nunca nadie la había seducido. A Bruno, por ello, se le había entregado con pasión desbocada. En verdad, a ella la había deslumbrado descubrir su propia capacidad para disfrutar el sexo como cuando era muchacha, y por ello estaba dispuesta a seguirlo hasta el fin del mundo.

—Mientras tú querías sólo gimnasia sexual, ellas buscaban algo sólido y de largo plazo –le había dicho Fabiana entre sollozos los días en que él intentaba explicarle lo inexplicable.

Ahora que en la quietud de Antigua de los Caballeros evocaba aquella época, constataba que a ambas mujeres las unía el mismo resentimiento feroz contra esposos que les negaban el placer. Habían cultivado el rencor a lo largo de años, en forma subterránea, fraguando una venganza implacable. Y cuando vieron al fin la libertad al alcance de la mano, conscientes de que no dispondrían por mucho tiempo más de cuerpos deseables, habían optado por recobrar lo denegado. Bruno simplemente había aprovechado la ocasión que le servían en bandeja, a sabiendas de que tampoco tenía ya los mejores años de su vida por delante. Fue así como empezó a cultivar relaciones clandestinas y compartimentadas, contándole mentiras

117

a ambas, simulando amarlas, prometiéndoles un futuro juntos, susurrándoles al oído, antes del orgasmo, que tenía un proyecto de amor reservado para ellas. Y por eso tardó demasiado en advertir la verdadera dimensión del peligro que lo acechaba. Mientras él montaba un simulacro amoroso para gozar a mujeres aún jóvenes, ellas se iban involucrando sentimentalmente con él, fraguando planes y compromisos, tendiendo puentes para escapar de sus hogares y disfrutar esa pasión auténtica, esperanzadora e inagotable que creían hallar en Bruno.

Un día, sin embargo, la cubana logró quebrar la clave de su correo electrónico. Descubrió que él mantenía también una relación con la hindú, que ella no era la única amante y que él le hacía llegar a ambas los mismos mensajes de enamorado, las mismas mentiras, las mismas promesas y las mismas ilusiones. Las había engañado porque ellas, conscientes en alguna medida de que él no estaba dispuesto a dejar a Fabiana, esperaban al menos mentiras piadosas, una limosna de amor, un amor «así de chiquito, pero amor al fin y al cabo», como decía la cubana, para poder seguir visitándolo en la pequeña ciudad del Midwest. Su conocimiento de la electrónica le había permitido a la caribeña descubrir que él engañaba no sólo a su mujer, sino también a ella, a la amante, con otra amante, y que tanto ella como la hindú eran víctimas suyas al igual que Fabiana. Como la verdad descubierta a través de Internet era demasiado cruel, y probaba además que Bruno no la consideraba entre sus prioridades, la cubana envió a Fabiana copia de todos los mensajes que había recibido, sumiendo súbitamente al matrimonio en una crisis espantosa. Cada mañana, al despertarse, Fabiana encontraba en su correo electrónico uno de aquellos fogosos mensajes que él había escrito a la cubana y a la hindú, mensajes que hablaban de pasión y viajes, de nostalgias y planes, pero que en el fondo no eran nada más que afrodisíacos empalagosos para estimular el ardor y la ilusión de ambas mujeres.

—No confíes en él, porque no te ama, él me lo contó –le dijo un día la mujer de cabellera rojiza a Fabiana al teléfono–. Es un mentiroso, a mí me dijo que me amaba y tenía otra. Nos engañó a todas.

Días más tarde, cuando Bruno intentaba convencer a Fabiana que sólo la amaba a ella, recibieron de Miami un llamado del predicador, un tipo que hablaba con acento mexicano. Les anunciaba que Dios le había ayudado a perdonar los pecados de su mujer, pero, añadía, con tono ofendido y la voz entrecortada, que aún no podía entender que Bruno hubiese engañado también a su esposa, una mujer hogareña y fiel, que había creído de buena fe en sus promesas de amor.

—Su marido es el diablo –gritó entre sollozos el predicador por teléfono–. ¡Se burló hasta de mi propia mujer!

De Fulki Manohar y su esposo californiano, a quienes la caribeña también había enviado copia de los mensajes amorosos, Bruno no supo nunca más. Hasta la noche en que Oliverio Duncan le informó que la hindú estaba desaparecida.

28

Lo peor no fue verme obligada a escapar entre gallos y medianoche de la casa de mi madre para aceptar el refugio que me imponía el tío en su mansión de Miraflores, el barrio más exclusivo de la capital. Tampoco lo fue abandonar la casa paterna rodeada de guardaespaldas, huyendo como refugiada de una guerra civil, convencida además de que eso era lo que mamá se merecía por respuesta. No, lo peor fue algo que ocurriría cinco años más tarde y cuya sola mención aún me lacera el alma.

La vida en la casona del tío, entre primos, recepciones de sociedad y las atenciones del personal doméstico, entre guardias adiestrados para repeler eventuales ataques de la guerrilla desde una residencia convertida en fortaleza, no resultó fácil. Tres años pasé allí, aislada de los familiares y amistades de mi madre, trasladada de ida y vuelta al colegio en una van blindada que conducía un chofer con anteojos calobares y metralleta UZI sobre las piernas. Años en que se me prohibió visitar a mamá o hablar de ella. La decisión del tío era radical: la madre descarriada, que no había sabido comportarse dignamente, que había osado fraguar planes para deleite de su carne, debía esfumarse de mi memoria y de las conversaciones de la familia. La estrategia del tío brindó sus frutos porque el silencio fue eclipsando los recuerdos, reemplazándolos con la imagen recia de una madre descuidada y egoísta.

Tras egresar del colegio me enviaron a estudiar a una distinguida escuela de señoritas de Nueva Orleans, estadía que financió un fondo dejado por mi abuelo. Él había fallecido en aquellos años, después de haber amasado una fortuna a partir de su pequeño despacho de abogado de provincia, la adquisición *de fincas cafetaleras y su atinado manejo de la producción del grano. De mi madre nunca recibí recursos para estudiar puesto que, por razones que nadie mencionaba y que obviamente yo ignoraba, jamás alcanzó la posesión efectiva de las tierras de su esposo. Sólo sobrevivía, junto a su hijo enfermo, con el esmirriado salario que ganaba como maestra en un colegio de clase media, en la empobrecida zona de Montúfar.*

29

No volvió a ver a Françoise. Ni siquiera quiso verla partir con su grupo el día en que se marchaba del hotel para visitar las pirámides mayas de Tikal, en el Petén. Prefería olvidar ese encuentro fugaz y placentero, que ahora, retrospectivamente, consideraba desafortunado. Sentía que Françoise lo había utilizado. Ella necesitaba, desde luego, una experiencia como la que habían tenido para saber si efectivamente amaba a Jean-Jacques y le convenía casarse con él. Esa aventura lo desviaba del plan que se había trazado para hallar a Fabiana y convencerla de regresar a la casa junto al río.

Lo más razonable era aceptar que Françoise había sido un paréntesis accidental y que él aún no iniciaba la búsqueda seria de su mujer. En rigor, la única iniciativa práctica era esa, viajar a Antigua de los Caballeros. Sin embargo, ni la visita a su hija en Manhattan, ni las evocaciones que tejía en torno a su mujer constituían la búsqueda que se había propuesto. Además, esa mañana en que había despertado con la fragancia ácida del sexo de Françoise impregnada aún en sus dedos, tampoco había hallado mensaje electrónico de Fabiana. Demasiados días habían transcurrido ya desde su desaparición como para no inquietarse. Volvió a pensar en la posibilidad de contratar a un detective, aunque dudaba que allí existiese ese tipo de profesionales. También descartó la idea de acudir a la policía local porque ésta resultaba a veces tan peligrosa como los delincuentes que perseguía. ¿Y entonces qué cabía hacer? ¿Tal vez hablar con los familiares de Fabiana en la capital y ponerlos al corriente de todo, o bien entregar el caso al FBI en Estados Unidos para que emprendiera un *search* generalizado? Se dijo que sólo en las películas y novelas de acción la gente sabía cómo actuar en circunstancias semejantes, pero en la realidad las cosas ocurrían de otro modo, más complejo, inesperado e implacable.

Toda su búsqueda la había desplegado en el ámbito de la teoría y la especulación, al igual que las clases que dictaba sobre el infierno y las utopías, mundos que existían en la imaginación de las personas, nunca como realidades tangibles. Sólo el encuentro amoroso con Françoise había tenido lugar en la realidad. En rigor, la búsqueda de Fabiana carecía de sentido. Al encontrarla, quizás ya no querría vivir con ella. ¿No se estaría sintiendo atraído por la juventud y la personalidad de Françoise, por el hecho de que ella estuviese decididamente a su disposición y no esquivándolo como Fabiana? ¿Era acaso posible que al buscar a su mujer hubiese caído en los brazos de otra mujer? ¿Bastaba acaso un fogonazo para sentirse atraído por una persona? Y si eso era así, ¿no adquirían entonces todas las parejas y todos los amores una precariedad angustiante, ya que perduraban sólo porque sus protagonistas desconocían la existencia de otros seres con los cuales también podían alcanzar la misma plenitud? La pareja de uno, incluso aquella que uno veía como alma gemela, era tal vez fácilmente sustituible, se dijo azorado, convencido de que la felicidad se fundaba al final en la ignorancia de otras opciones. Abandonó el hotel suponiendo que al amor lo regía el azar, diciéndose que la felicidad no era sino fruto casual del desconocimiento de alternativas, que había sido feliz con Fabiana porque en un momento, inconscientemente, había dejado de buscar a otras mujeres.

A lo mejor así de implacables eran las circunstancias, se dijo mientras caminaba frente a las piletas donde mujeres mayas lavaban ropa junto a sus niños. Tal vez el amor, como decía un poema de Óscar Hahn, en la antología de poesía amorosa, que llevaba en su maletín, no era más que eso, «una mujer o un hombre que desciende de un carro / en cualquier estación del metro / y resplandece unos segundos / y se pierde en la noche sin nombre». ¿Era entonces amor lo que había surgido después del encuentro con Françoise en el cuarto del Casa Santo Domingo? No es que él se hubiese convertido en un romántico ingenuo, que creyera que el amor surge de una lámpara de Aladino, pero de alguna manera comenzaba a sospechar que el amor obedecía a combinaciones fortuitas, que tocaban profundamente a unos y daban un rodeo en torno a otros.

Tal vez era eso lo que lo incomodaba, la posibilidad de involucrarse con una mujer a la que no volvería a ver, que pertenecía a otro hombre y otra cultura, que había resplandecido por segundos y luego se había extraviado en la noche de su propia existencia. Sí, ahora estaba claro que era precisamente la filtración de Françoise por los intersticios de su monótona existencia lo que lo desasosegaba. Echó a caminar sin rumbo por la ciudad, dobló esquinas que desplegaron ante él avenidas rectas, de adoquines bruñidos y veredas parejas, cruzó plazas en las que viejas cámaras de trípode esperaban a los turistas, y entró a los patios de palacios coloniales, donde el agua cristalina brotaba de fontanas de piedra, y árboles centenarios proyectaban sombra generosa. Debía retornar a lo suyo, concluyó, olvidarse de Françoise, y cumplir con el objetivo de su viaje.

No pudo, sin embargo, apartar a la francesa de sus pensamientos, porque esa noche, después de hablar por teléfono con Carolina y continuar sin noticias de Fabiana, había encontrado un e-mail en su casilla electrónica. Desde un hotel próximo a las pirámides de Tikal, Françoise le escribía para advertirle que no extrajese conclusiones apresuradas por lo ocurrido en su cuarto, y para agradecerle que le hubiese ayudado a tomar una decisión clave en su vida. No detallaba cuál había sido esa decisión, aunque Bruno supuso que se relacionaba con Jean-Jacques. Se preguntó si el encuentro amoroso había empujado a Françoise a mantener su plan de casarse, ocultándole al novio la infidelidad, o, lo que habría sido más honesto, a cancelarlo. Aquello, pensó, no había sido más que un accidente posibilitado por una excitación momentánea en busca de desahogo furtivo, una refriega discreta en la cual uno había sido espejo del otro.

El e-mail de Françoise agregaba: «No me queda más que contarte lo siguiente. Antes de volar a Tikal conversé con gente en el aeropuerto y, no vas a creerlo, cuando le comenté a una italiana que había conocido a un hombre que buscaba a su esposa, ella me dijo que hacía poco se había topado con una latinoamericana que huía del marido. Es como sacado de una película. Eso sí, y esto tampoco debo ocultártelo, la italiana me dijo que esa mujer iba acompañada de un joven apuesto. Como ves, cada uno carga con su cruz en este mundo. De lo que se trata es de no sucumbir bajo ella. Un beso, F.».

30

Dos días después logró abordar un viejo avión a hélice para dirigirse a Flores, ciudad ubicada en la selva del Petén,
cerca de Tikal. Necesitaba hablar en persona con Françoise. Su mensaje era el primer indicio de que su búsqueda
comenzaba a fructificar. Calzaba, además, con la información del hotel en el sentido de que tal vez Fabiana había
viajado al norte del país. Aun así, Bruno seguía inquieto.
La voz grave de Oliverio Duncan todavía retumbaba ame-
nazante en su memoria. Por otra parte, pese a sus ruegos
electrónicos, Fabiana continuaba guardando un silencio
obstinado. Sin embargo, en medio de esa incertidumbre,
estaba convencido de que ni Françoise ni la turista italiana
le mentían. Resultaba inverosímil, desde luego, pero no imposible que una misma persona hubiese conversado con
Fabiana y poco después con Françoise, y hubiera terminado siendo el puente entre él y su mujer. De lo que estaba
seguro era de que no podía haber en esa tierra muchas latinoamericanas residentes en Estados Unidos que anduviesen escapando de sus esposos.

Fabiana elogiaba a menudo la belleza de las pirámides
del Petén, pero no pareció sentir gran respeto por la cultura maya mientras vivió en su país, recordó Bruno. Había aprendido a estimarla en verdad en el exilio, un exilio
que la llevó a especializarse en el estudio de la arquitectura precolombina y colonial centroamericana. La distancia le había despertado la curiosidad por su identidad,
una identidad nutrida por la sangre de abuelos de origen
español y alemán, pertenecientes a una clase que, como lo

descubriría más tarde, se había apoderado de tierras mayas ancestrales mediante procedimientos al menos dudosos. Sin embargo, la ineludible coexistencia entre la elite criolla, a la que Fabiana pertenecía, y el mundo indígena había desarrollado en ella una sensibilidad llana a reconocer también como propia la cultura maya. El descubrimiento lo había hecho en Estados Unidos, sin conocer las lenguas indígenas, como si la nostalgia, tardíamente, se hubiese empecinado en poner al desnudo sus carencias y exigirle definiciones.

Después de un vuelo jalonado por turbulencias que lo hicieron añorar la tranquilidad de su casa junto al río, Bruno aterrizó en Flores, en un claro arrebatado a la selva, una jungla que al otro lado de la frontera, en México, se convertía en superficie deforestada por la tala de maderas preciosas. Pensó que hubiese preferido esperar en casa a que Fabiana retornase, que habría estado más cómodo preparando el semestre de otoño, leyendo en una hamaca algún libro sobre los orígenes persas del Jardín del Edén y la portentosa travesía de Er por el mundo de las sombras en la Antigüedad, o bebiendo un *macchiato* en el Prairie Lights mientras hojeaba ejemplares de *Rolling Stone* y *Mojo*. En lugar de eso andaba ahora en el trópico a la siga de las huellas de su mujer, la que con los días se iba tornando una imagen cada vez más imprecisa, una especie de fantasma, de ilusión. El aeródromo de Flores era una cicatriz recta de alquitrán en medio de la selva, con una bodega vieja, de paredes descascaradas y ventanales sin vidrios. Allí aguardaban turistas, comerciantes ambulantes e indígenas melancólicos. Bruno compró naranja con pepitoria, la semilla tostada y molida del zapallo, y abordó una van en dirección al conjunto de cabañas llamado Pirámide Mayor. En el Casa Santo Domingo le habían informado que Françoise alojaba en ese hotel, como otros pasajeros que cumplían el circuito turístico Antigua de los Caballeros, Tikal y playa del Carmen. Cuando cruzó por la calle principal de Flores, con sus tiendas abiertas y la gente conversando en la calle, se dio cuenta que carecía de sentido visitar las pensiones y casas que ofrecían albergue para averiguar si Fabiana había alojado en alguna de ellas. Lo más conveniente era seguir la pista ofrecida por Françoise.

Tardó media hora en llegar a las cabañas a orillas del lago Petén-Itzá. Eran construcciones modestas pero amplias, y necesitaban con urgencia una renovación. Al otro lado se extendían terrenos del ejército, que éste había conseguido de los mayas, con malas artes, durante los regímenes dictatoriales. Allí habían coexistido el mundo de las sombras para los indígenas y el Jardín del Edén para los turistas. En esa época, pensó Bruno, los turistas dormitaban en hamacas de cáñamo, mientras en la otra orilla los soldados torturaban a los mayas que defendían sus tierras. Un escalofrío recorrió su espalda al contemplar desde su cabaña el apacible paisaje selvático. No pudo reprimir una sensación de rechazo ante ese espectáculo, porque de algún modo alojar allí era como ignorar la historia. Caía la tarde sobre las aguas metálicas del lago, los monos insuflaban el aire con sus chillidos, y la luz se apagaba en la orilla opuesta. Bruno se duchó, y llamó a la recepción preguntando por Françoise. Lo comunicaron con su cuarto de inmediato.

No estaba. Decidió dejarle un mensaje en el buzón de voz. ¿Cómo reaccionaría cuando lo viera en el Petén? Al menos a él no le costaría explicarle que estaba allí, pues creía que podría ayudarlo a encontrar a Fabiana. Era posible, sin embargo, que Françoise imaginase que él pretendía sólo proseguir la aventura, ahora con mayor sosiego, y que su viaje fuese nada más que una artimaña para eso.

En rigor, en Antigua de los Caballeros él había quedado como un amante imberbe y ella como mujer desinhibida, segura de sí misma. Era posible que Françoise supusiese que se trataba de una treta, pero él tampoco debía olvidar que en su mensaje ella no sólo hablaba de la turista italiana, sino también de que lo ocurrido entre ellos la había ayudado a ver las cosas de otra manera.

Al final daba lo mismo, pensó con fastidio, porque Fabiana continuaba desaparecida. Abrió la puerta del balcón y salió al aire pegajoso del trópico. Debía encontrar a Françoise para que le relatara los pormenores. ¿Había hablado realmente su mujer con la italiana? ¿Era cierto lo que le contaba la francesa o sólo un truco para atraerlo? ¿Y era cierto que Fabiana, mujer en extremo reservada, le había confesado a una extraña que huía de él? ¿Y en verdad la acompañaba un joven? ¿Huía entonces su mujer porque estaba al tanto de que él la buscaba en Centroamérica, o por otro motivo?

Salió a recorrer los senderos del hotel en medio de la oscuridad. Sólo el croar de ranas, el grito de lechuzas y la delicada intermitencia de las luciérnagas poblaban la selva. Se preguntó una vez más si debía continuar buscando a su mujer o respetar la distancia que ella había interpuesto entre ambos. Quizás Fabiana sólo regresaría cuando lo estimara conveniente, ni un día antes. Al rato, bajo el cielo estrellado, llegó hasta un rancho de bajareque iluminado en su interior por candelabros. Allí algunos turistas bebían y conversaban en voz baja, aletargados por el alcohol y la calurosa paz de la noche. Ordenó un margarita y examinó los rostros de la gente.

No divisó el de Françoise.

En la fortaleza de muros revestidos con planchas de acero y apuntalados con pilares de hormigón para que resistiesen ataques guerrilleros, tanques rebeldes y bombas molotov de estudiantes revolucionarios, amenazas que poblaban la imaginación anticomunista del tío Constantino, pues la represión ejercida por la dictadura en contra del movimiento indígena daba resultados tan efectivos como sangrientos, en esa fastuosa residencia de tres pisos y tres niveles de subterráneos repletos de víveres, armas y municiones, todo estaba dispuesto para enfrentar la ofensiva final que un día, pregonaba el tío, lanzarían los indígenas en ese país de malagradecidos para arrojar a la nación por el despeñadero.

Nunca recibí, sin embargo, en ese ambiente en que nada material escaseaba, una palabra de aliento o una caricia de los tíos, y es probable que por eso, años más tarde, yo me volviese tan cariñosa con Carolina y procurase su contacto físico. Allá la educación que yo recibía se limitaba a la instrucción escolar, la misa del domingo, las advertencias del tío sobre los riesgos que acechaban a nuestra clase social, y a sus sermones en torno a la obligación de estudiar y trabajar. Afirmaba que la vida era ingrata, difícil y peligrosa, especialmente en una ciudad rodeada por indios que anhelaban despojarnos de nuestra riqueza obtenida a base de esfuerzo y sacrificio. En ese ambiente sitiado por amenazas y prohibiciones, por rumores, chismes y una moral pacata, donde las cortinas permanecían corridas y guardias vigilaban desde torres de concreto los deslindes del terreno en que se asentaba la mansión, el tío y su mujer se dedicaban a administrar los negocios cafetaleros e inmobiliarios. Nadie tenía tiempo para mí o mis hermanos.

En las fincas del tío, que él recorría en helicóptero los días de pago por temor a las emboscadas de los guerrilleros, que pretendían desestabilizar la república y convertirla en una nueva Cuba, con tribunales populares, escuelas públicas, libreta de abastecimiento, amor libre y clausura de iglesias, se entrenaban centenares de hombres en el uso de armas con la anuencia de la dictadura. Pese a ello, en esos años cambió abruptamente la vida para nosotros: bajo la represión era imposible, por ejemplo, sentarse, como solía hacerlo antes con mi madre, en las plazas cercanas a los edificios gubernamentales para contemplar los atardeceres. La cosa estaba que ardía y los civiles éramos sospechosos. Sin embargo, en las fincas del tío, que lindan con los montes del norte y la costa oeste, comprendiendo lagunas, ríos y volcanes, se habían instalado unidades militares y construido pistas de aterrizaje para los «kaibiles», comandos que perseguían a la guerrilla. Fueron años duros, de detenciones y ajusticiamientos extrajudiciales, días en que la gente corría a casa después del trabajo, y evitaba salir en la oscuridad por miedo a ser detenida bajo cualquier pretexto, días en que tanto un simple ladrón de gallinas como un poeta disidente podían amanecer tirados en una cuneta con un tiro en la nuca y sin que nadie se atreviese a averiguar qué había ocurrido. Eran jornadas de toque de queda y despliegues de tropas, de crítica en susurro, de diarios que informaban sobre los deportes y la política mundial, pero que ignoraban olímpicamente las redadas y allanamientos que tenían lugar cada noche. Entonces entendí que el mundo de la infancia, que había compartido con mis padres, había quedado sepultado definitivamente, y que ya nada ni nadie podría ayudarme a recobrarlo.

Durante las noches de insomnio en mi cuarto del tercer piso de la mansión, causadas por la soledad y la incomprensión, y que yo entonces, como niña, no lograba explicarme, me sentí a veces inclinada a desobedecer las órdenes del tío y a buscar a mamá. Esos sentimientos eran una invitación lacerante y silenciosa que mi madre me extendía desde alguna parte, y que yo, durante

las noches interminables, estaba dispuesta a aceptar. Me levan-
taba entonces, miraba a través de la ventana hacia el valle en
que titilaban las luces de la capital y me decía que junto a algu-
na de ellas se hallaba mamá en su cuarto, mirando el cielo, el
mismo cielo que yo contemplaba, extrañándome, enviándome ese
mensaje que yo captaba e impedía mi sueño. Mañana, me decía
yo, después del colegio, saldré en su búsqueda, la veré de nuevo,
la abrazaré y besaré y le diré cuánto la amo.

Sin embargo, recapacitaba al rato, volvía a la cama y trata-
ba de convencerme de que lo que correspondía era obedecer la pro-
hibición del tío, y no visitar a mamá. Me decía que ella me había
fallado de modo imperdonable, y que el tío, orientado por sus con-
vicciones, me había salvado a mí y a mis hermanos de la perdición,
ofreciéndonos techo, alimento y educación. Olvidaba yo entonces
que esos gastos los cubría la herencia que el abuelo Abelardo nos
había dejado. No, me decía, yo le debo fidelidad al tío y a la tía,
gracias a ellos avanzo por la senda correcta de la vida.

No me importaba entonces, o al menos así lo creía, que com-
pañeros del colegio murmurasen que había abandonado a mi ma-
dre para vivir en la mansión de uno de los hombres más ricos de
Centroamérica. Me daba lo mismo lo que opinaran. Ellos habla-
ban sin conocer mi dolor, me repetía cubierta hasta la cabeza por
las sábanas, lista para ocultar mis lágrimas en caso de que al-
guien entrara al cuarto. Los comentarios de mis compañeros de
colegio se debían a que ignoraban mis noches de insomnio, los ce-
los que me corroían, los llantos reprimidos y los angustiosos fines
de semana pasados en la finca, cuando mamá, en el período en
que aún debía llevar luto por la muerte de mi padre, comenzó a
vestirse a la moda, a llevar faldas cortas y blusas escotadas, y se
entregaba al hombre del sombrero Al Capone.

32

Divisó a Françoise entre los turistas que esperaban en la bruma del alba la salida del bus del hotel hacia Tikal. Se preguntó si acaso no se estaba involucrando en demasía con esa mujer. Tal vez el amor era como un latigazo del destino, la visión momentánea que podía desvanecerse para siempre de nuestras vidas, algo como una estrella que sigue brillando años después de haberse apagado. Sí, el amor era quizás mera evocación de alguien ya distante, a lo más una utopía instalada en el horizonte, o un pasado que nunca se tuvo firme en las manos; por eso supuso que su afán por reconstituir la imagen de Fabiana en su memoria podía significar que aún la amaba. Nunca se amaba al otro, se dijo mientras sus botas arrancaban crujidos a la gravilla del sendero, sino aquello que uno se imaginaba era el otro, la imagen de la persona ya ida.

Se acercó a Françoise por la espalda, en la punta de los pies, tal como le gustaba sorprender a su propia mujer. La francesa vestía pantalón, zapatillas de tenis y una blusa sin mangas. Se deleitó por unos segundos contemplando su cuello fino expuesto al aire tibio de la mañana, y le susurró un buenos días al oído. Ella no pudo reprimir la alegría al verlo. Sus colegas franceses, intuyendo que algo había entre ellos, abordaron discretamente el bus. Bruno y Françoise quedaron solos en la vereda, frente a frente, bajo el sol, junto al rumor sordo de la máquina bruñida y el chiflón frío que soplaba a través de su puerta abierta.

—Vine porque necesito hablar sobre tu e-mail —le dijo

Bruno y sintió que sus palabras, aunque ciertas, resonaban allí, en la selva, como un pretexto burdo.

—Ya te dije lo que tenía que decirte –repuso Françoise.

—Necesito saber todo lo que te contó la italiana.

—¿Por eso viniste?

—Y para que no te preocupes por lo que pasó. Quedará entre tú y yo.

—Gracias, pero no te incomodes, yo no ando huyendo de mí misma.

Subieron al bus, se sentaron en la última fila y guardaron silencio mirando hacia el lobby del hotel, desde donde salían más huéspedes. Al rato, se deslizaban por la carretera de asfalto que se interna en la selva.

—¿No te bastó con lo que te conté? –preguntó Françoise–. Disculpa, primero debería decirte que en verdad me alegra verte.

—A mí también me alegra –dijo él y rozó por unos instantes con su mano el brazo de ella.

—¿Y entonces?

—Decías en el e-mail que hablaste con una italiana que vio a mi mujer.

—Es todo cuanto sé. Hablaron en el aeropuerto de la capital hace como una semana. La italiana venía de Cancún, y creo que tu mujer iba a Miami.

Bruno pensó que al menos se perfilaba cierta lógica en eso. Si Fabiana iba aquel día a Miami era porque se proponía coger la conexión a casa. Pero si había transcurrido tanto tiempo desde el encuentro y Fabiana todavía no llegaba, entonces algo debía haber ocurrido. Lo único cierto es que aún no volvía a casa ni respondía a sus mensajes.

—Quiero hablar con la italiana –dijo Bruno–. Necesito cerciorarme de que la mujer con la cual habló era efectivamente mi esposa.

—No debe haber muchas latinoamericanas residentes en Estados Unidos que anden escapando del marido por estos lados –comentó Françoise en tono irónico.

—Dime cómo puedo contactarme con la italiana, por favor.

—En la cabaña debo tener su dirección electrónica. Pero tal vez no era tu mujer.

—¿Por qué me dices eso ahora?

—Porque la italiana me contó que la mujer planeaba volar a Grecia. ¿Tiene sentido eso?

Bruno sintió un vuelco en el alma mientras su memoria se desbocaba. Como pareja, ellos habían descubierto la isla de Creta veinticinco años atrás, cuando el turismo ignoraba la existencia de su costa sur. Entonces se habían hospedado un mes, el mes más feliz de sus vidas, en Keratokambos, un pueblo pesquero del mar libio. Allí las mujeres vestían de negro y llevaban pañuelo a la cabeza, los hombres se trasladaban en burro, y los caminos eran de tierra, apenas transitables por vehículo. Habían cruzado en un jeep la cordillera refulgente, con sus crestas como esculpidas a mano, entre olivares de cigarras ensordecedoras, y por pueblos limpios y desiertos, hasta llegar a ensenadas de aguas tibias y transparentes, en cuyo fondo las piedras resplandecían como cardúmenes quietos. Los costeños eran gente digna y amable, aunque algo retraída, y ellos, Fabiana y él, un par de jóvenes llenos de vitalidad y confianza en la vida, desbordantes de deseo el uno por el otro, felices de haberse encontrado. Hacían el amor a pleno día, en playas inaccesibles, y luego se quedaban dormidos en la arena, abrazados, desnudos. Por eso era posible que la mujer de la que hablaba Françoise fuese Fabiana, que Fabiana se hubiese ido a Grecia. Allá pretendía, a lo mejor, visitar Keratokambos con sus casas de piedra, su iglesia de muros encalados y sus tabernas con parrones frente al mar, donde había comenzado ese amor, el más grande de sus vidas, y donde aún podrían perdurar resabios de la embriagadora pasión inicial, lo único capaz de salvarlos.

—¿Estás segura que esa mujer habló de Grecia? –preguntó con voz trémula.

—Absolutamente. ¿Tiene sentido lo que dijo?

Bruno asintió con la cabeza.

—Esa mujer, que puede ser tu esposa –precisó Françoise con cuidado–, iba acompañada.

—Lo sé. Lo sé. Ya me lo dijiste.

Françoise sonrió incómoda, buscando su mirada.

—¿Te preocupa eso? –preguntó.

—Si andaba acompañada, es lógico que me preocupe. Es mi mujer.

—Es lo que dijo la italiana.

—Necesito hablar con esa italiana, Françoise.

—No eleves la voz –el tono de Françoise sonó agrio–. Además, la italiana debe haberse marchado ya a Europa.

El bus avanzaba rápido entre los espesos muros de la selva. A ratos emergían claros de verde translúcido, como acuarios, que acogían los rayos del sol y exhibían troncos retorcidos, lianas y tallos tiernos. Y de vez en cuando se divisaban, entre el follaje bruñido aún por el rocío, algunos papagayos de plumaje multicolor apostados en las ramas. Por sobre las copas de los árboles una franja de cielo resbalaba como una carretera de asfalto azul.

—¿Y tu boda? –preguntó Bruno fingiendo naturalidad. Contempló los dedos finos y sin alhajas de Françoise, el vello rubio de sus brazos, y en ese instante, curiosamente, tuvo la certeza de algo evidente: que se trataba de otra persona, de un ser con otra historia, completamente ajeno a él, extraño, alguien que de pronto se había infiltrado en su vida y se negaba a salir de ella–. ¿Cómo marchan esos planes?

—Después de todo lo que pasó, me marcho primero a playa del Carmen y después a Francia –repuso ella mirando a través de la ventanilla–. Y allá veré, allá veré.

Bruno pensó que el encuentro de sus cuerpos había sido como el impacto entre dos meteoritos. Ahora necesitaban recolectar los fragmentos diseminados para reconstruirse a sí mismos y volver a la rutina. Dejó transcurrir unos instantes en silencio y después volvió a insistirle en la conveniencia de ver a la italiana. Intentó explicarle que no lo movían los celos, que las relaciones entre él y su mujer, tal como se lo había dicho antes, estaban deterioradas desde hacía mucho, que no abrigaba esperanza alguna de reconciliación, y que lo único que necesitaba era hallar a Fabiana para cerrar de una vez ese capítulo de su vida, más que un capítulo, un libro, varios tomos, para ser justos. No estaba en verdad convencido de querer clausurar esa etapa de su vida, admitió para sí, pero debía mentir para que la francesa no alimentara resentimientos en su contra y lo ayudara. Tal vez ella no se había acostado con él del modo ligero e irresponsable en que él lo había hecho con ella. Recordó las palabras de Fabiana de que las mujeres solían acostarse con alguien llevando al menos un proyecto de mediano plazo en la cartera, y que lo que para los hombres podía ser un puerto de arribo, para ellas era el de zarpe. Decidió ocultar la forma en que cerraría ese capítulo, si buscando la reconciliación con su mujer o dejándola ir. Intuyó que era preferible que Françoise interpretase sus palabras en el segundo sentido, que pensara que él estaba dispuesto a permitir que Fabiana desapareciese de su vida como los pasajeros que descienden por las escaleras automáticas a tomar el metro.

—Ojalá no haya tirado la dirección electrónica de Stefania –dijo Françoise–. Sólo hablamos un rato, poco antes de que saliera su vuelo.

—¿Por qué hablaron?

—Ella me preguntó dónde había comprado mi cartera, y de eso pasamos a contarnos lo que hacíamos en Centroamérica. Y en un momento le narré tu historia; ella no podía creerlo.

Bajaron del bus en un sitio donde el aire resultaba grueso, y el follaje de los árboles tan denso que impedía el paso del sol y sofocaba los aullidos de los monos. Siguieron al guía por un sendero semejante a una correa de cuero gastado; de pronto, disimuladas por los troncos, las lianas y el follaje, vislumbraron azorados las siluetas macizas de una pirámide. Era una masa de piedra envuelta en vegetación y sombras, revestida de musgo y enredaderas, como si pretendiese ocultarse de los visitantes.

—Fue una conversación apurada –aclaró Françoise mientras se apartaban del sendero.

Caminaban entre matorrales fragantes, bajo un cielo verde, por cuyos intersticios asomaban gajos azules, cuando Françoise tropezó y él la atrajo hacia sí. La estrechó de inmediato entre sus brazos y la besó apasionado. Ella respondió con el mismo ardor. Las manos de Bruno se deslizaron bajo su blusa y recorrieron su espalda lisa y tibia, luego su vientre, y ascendieron después hasta sus pezones. Françoise continuaba brindándole su boca jugosa, acogiendo su lengua, explorando con la propia la línea de sus dientes. Bruno apoyó a la mujer contra una estela de piedra, semioculta entre los arbustos, le desabrochó el pantalón y la viró con delicadeza. Cuando le bajó el pantalón, emergió ante sus ojos una luna de nalgas pequeñas y firmes, que montó con voluptuosidad, recordando una escena semejante, ocurrida hace muchos años, en un balcón frente al mar de Libia. La mañana se congeló en un sosiego silencioso, y después fue rasgada por un orgasmo compartido, que se disipó en los ecos de la selva. Se ordenaron rápidamente las ropas y continuaron caminando presurosos en dirección a las pirámides como si nada inusual hubiese ocurrido.

33

—Vuelo ahora mismo a Creta –le anunció Bruno a su hija por teléfono, antes de bajar a desayunar al bajareque. Había abierto de par en par las puertas del balcón de la cabaña para que ingresaran el barullo y los colores de la selva. El aparato de aire acondicionado seguía soplando su corriente fría

—¿A Creta? ¿Y a qué? –la voz de Carolina resonó inquieta desde Manhattan.

—Alguien que vio a Fabiana dice que iba a Grecia. Puede ser. Al menos hace unos días cogió un avión a Miami y como no ha llegado a casa, tal vez esté en Creta…

—O en Sumatra, Tahití o Isla de Pascua, papá. ¿Por qué Creta?

Le explicó las razones de su suposición, razones que se extraviaban en los pliegues y recovecos de un pasado feliz en el cual Carolina aún no existía. Y aunque a él le pareciesen motivos sólidos, a medida que los iba exponiendo desde aquel trópico, apartado del ajetreo y las sirenas de Nueva York, sintió que perdían consistencia y se tornaban precarios, rebuscados. Al fin y al cabo, toda su especulación se sustentaba en que Fabiana y él habían sido felices hace mucho en Creta, y en que su mujer podría haber vuelto allá procurando rescatar, al menos temporalmente, esos recuerdos en un mundo que a lo mejor no había cambiado en los últimos treinta años. No era, por cierto, una hipótesis sólida, reconoció ante los reclamos de su hija, pero si bien nunca nadie había fundamentado tampoco adecuadamente la existencia del paraíso y del infierno, gran parte de la humanidad seguía viviendo constreñida por esos paradigmas, que exaltaban los vendedores de ilusiones.

—Respóndeme entonces sólo una cosa, Carolina –insistió–. ¿Me juras que realmente no sabes nada más de tu madre, que me lo has dicho todo?

Su voz había sonado patética, y supuso que habría perdido todo rasgo de seriedad al viajar por los aires, desde la proximidad de los templos precolombinos hasta el departamento de su hija en pleno Greenwich Village.

—Te dije todo lo que sé, papá.

—¿Y por qué me sugeriste hace unos días la posibilidad de que mamá tenga un amante?

—Fue sólo una suposición, nada más, papá. Por favor…

—Fue una suposición y además una falta de tacto.

—Sólo quería saber si aún amas a mamá. Sería la única razón por la cual ella pudiera atreverse a regresar.

—Entonces tú sabes algo –alegó Bruno. Sospechaba que su hija le ocultaba información. Sabía de colegas abandonados a su edad, y de sus mujeres, las que no tardaban en reiniciar sus vidas con otra pareja–. Tú sabes al menos por qué se fue. No lo niegues, tus palabras te traicionan.

Ella guardó silencio. Bruno contempló el follaje espeso, de verdor intenso, que circundaba la cabaña, y por entre los árboles alcanzó a vislumbrar el color umbroso de la superficie del lago. Recordó el río Iowa y a los ancianos que desde sus riberas solían arrojarle pan a los cisnes para que no migraran. Era evidente que su hija ocultaba algo, algo que no se atrevía a revelarle, pensó mientras desde el techo de la cabaña le llegaban aullidos y carreras de monos.

—Si sabes algo, dímelo, por favor –insistió–. Mira que estoy a punto de viajar hasta Grecia sólo para encontrar a Fabiana y pedirle que vuelva.

—Es una locura, papá. Si no tienes la certeza de que está allá, no hagas ese viaje.

—Pues aquí me confirmaron que tu madre anda con un tipo joven, así que tu especulación parece no estar tan mal encaminada.

—Eso no puede ser verdad. Lo único efectivo es que mamá desapareció y que debes hacer algo, dar parte a la policía, avisar a los familiares, no sé, pero algo debes hacer. Ha pasado mucho tiempo ya. ¿Sabes qué vas a hacer, papá?

—Te lo dije, me voy a Creta –repuso Bruno. De golpe le volvió a la memoria cuando jugaba en casa al escondite con su hija y Fabiana. Carolina, pequeña entonces, le preguntaba, excitada, abriendo mucho sus ojos, cómo podrían encontrar a mamá–. Y si tu madre llama, dile que viajé a buscarla al único sitio del universo donde creo que puede haberse refugiado.

34

No volví a ver a mi madre desde la tarde en que ella se marchó a
El Salvador a buscar, según nos contó desde el umbral de la casa, un trabajo bien remunerado que nos sacaría de las estreche-
ces. Una situación —sólo con los años pude darme cuenta de ello—
del todo paradójica, por cuanto ella debía haber heredado las propiedades de papá, trámite que se trababa y complicaba inexpli-
cablemente en los bufetes de abogados y tribunales de la capital.

Un día, a través de la hija de una empleada del tío, me ente-
ré que mi madre alquilaba una casita en un barrio de clase media, donde vivía con mi hermano enfermo, el único a quien el tío
Constantino había dejado atrás la noche en que, en un virtual
secuestro, nos llevó de nuestra casa a la suya. Sin embargo, por
miedo tal vez a represalias, la muchacha me dijo que ignoraba
dónde vivía exactamente mi madre. Una sensación de curiosidad y miedo, una suerte de vértigo, como de lagartijas sueltas en
el estómago, se apoderó de mí al imaginar que yo compartía el
mismo cielo de la ciudad con mamá.

Algo extraño, desde luego, había ocurrido entonces con las propiedades de papá que le correspondían a mi madre, algo que yo
misma debía investigar, pero que nunca investigué, y de lo cual
hoy me arrepiento. Se trataba de algo que a menudo le mencio-
naría más tarde a Bruno, aunque él, como era su costumbre, no
me escuchase del todo y no me tomase en serio porque le sonaba a
esas manidas historias de familiares desheredados que pueblan
la memoria de tantos en América Latina. Pero en ese momento,
momento en el cual yo residía en la mansión del tío, constituía
una historia enrevesada y tenebrosa que no me dejaba tranquila. Algo terrible tenía que haber acaecido para que mi madre hu-

biese terminado viviendo en un barrio pobre, sola y olvidada, despojada hasta de sus hijos, pensé. Mas no me atreví a insistirle a la muchacha ni tampoco a buscar a mamá por mi propia cuenta, ya que el tío me había advertido que en la vida había siempre sólo dos caminos:

—O estás con el bien o estás con el mal, o estás con Dios o con el diablo, o con nosotros y lo que queremos enseñarte, o con esa mujerzuela innombrable –insistía alzando el índice hacia el cielo como San Ignacio de Loyola, con una mirada cargada de fuego, que no admitía disenso–. No hay más que una línea aquí, y esa ha de ser recta, sin torceduras ni concesiones al mal.

Reconozco hoy con angustia que nunca quise contrariar ni traicionar al tío. Él me había rescatado del abandono en que nos había sumido mamá, y yo le debía el espacioso cuarto con vista a la piscina y la ciudad, del que disponía, la asistencia a un colegio exclusivo, la alimentación y el cuidado de las domésticas, los viajes; en fin, no podía traicionar al tío después de todo lo que había hecho por mí. Sólo años después supe que aquellos gastos no habían salido de su bolsillo, sino del fondo que el abuelo Abelardo había dejado a cuenta mía y de mis hermanos. Sin ver a mi madre ni a mi hermano enfermo, alimentando un rencor subterráneo contra ella, la mujer a quien yo había amado como a nadie y que me había fallado cuando más la necesitaba, me faltaron agallas para desobedecer al tío, perdonar a mi madre y salir en su búsqueda.

Además, pensaba yo resentida, ella nunca había hecho esfuerzo alguno por abordarme a la salida del colegio o en la calle. Por el contrario, había optado por desaparecer, resignándose a la pérdida de sus hijos, renunciando a luchar por nosotros, aceptando con su ausencia que el tío tenía razón y que la medida extrema de despojarla de sus hijos era justa aunque no se basara en ley alguna. No, creo que los puentes hacia mi madre adorada se derrumbaron la noche en que el tío Constantino nos sacó de la casa y me apartó definitivamente de aquella ventana fatídica, a *cuyos barrotes tantas veces me aferré con desesperación, añorando que mamá volviese pronto, que me prefiriese a mí y a mis hermanos por sobre el hombre del sombrero. Desde entonces me juré que nunca más me cruzaría de brazos, resignada y pasiva, ante quienes pretendiesen destruir mi felicidad y mis sueños. Sí, esos puentes hacia mamá se derrumbaron y sus ruinas quedaron sepultadas bajo un agua turbia la noche misma en que el tío Constantino nos alojó en la mansión, desde la cual yo contemplaría a partir de entonces la ciudad rodeada por montañas verdes, entre las cuales descollaba el volcán Pacaya escupiendo fumarolas.*

III

EL LABERINTO

Il Minotauro mugghiava nel Labirinto anche por loro.

Salvatore Quasimodo

35

A Bruno lo despertó el aroma del café que servían en el pasillo del Boeing 757 de la Olympic en vuelo hacia Atenas. Calculó que en su casa junto al río serían cerca de las dos de la mañana, mientras abajo, en esa Europa que se extendía entre nubes plomizas y valles en penumbras, despuntaba el amanecer. Le agradaba el café espeso y dulce que solían tomar los griegos, le gustaba cobijarlo en el paladar por unos instantes, y oler al final la borra oscura, mezclada con azúcar, que se aconchaba en el fondo de las pequeñas tazas, y de la cual algunos predecían el futuro. Sentado en la parte posterior de la nave, donde las turbinas zumbaban con estrépito, sintió que la bebida caliente le reconfortaba y permitía planear sus próximos pasos en Grecia.

Cada vez que subía a ese modelo de avión recordaba que correspondía al que los terroristas habían estrellado el 2001 contra las Torres Gemelas. De inmediato, sin poder evitarlo, comenzaba a imaginar los instantes finales en esas naves, el desplazamiento disimulado de los secuestradores hacia la cabina de los pilotos, la tranquila indiferencia de los viajeros sentados en sus butacas mirando a través de la ventanilla, leyendo revistas o trabajando en sus ordenadores personales, la inquietud inicial, trocada luego en la compostura propia de los habitantes de la East Coast, tras escuchar por los altoparlantes que la nave había sido secuestrada y que debían mantener la calma; y de súbito la certeza horrenda de que algo andaba muy mal, que el avión no buscaba la pista de un aeropuerto sino los rascacielos de Manhattan cada vez más próximos. Le abrumaba imaginar que el drama había ocurrido en un espacio idéntico, sobre aquel diseño de alfombra, junto a ese tapiz de las butacas, bajo esa luz central pálida. Tuvo la sensación de que aquel drama se repetía cada vez que un Boeing de ese modelo se acercaba a una ciudad para aterrizar entre sus edificios. En fin, dentro de poco llegaría a Atenas y desde allí intentaría coger un vuelo hacia Creta, aunque aún no tenía confirmado el asiento para ese trayecto. Si los vuelos estaban llenos, podría embarcarse, como Zorba el griego, en el ferry que salía del puerto del Pireo con destino a las islas; de alguna forma sabría llegar a Keratokambos.

Su mujer jamás lograría comprender que junto con estar dispuesto a viajar hasta Antigua de los Caballeros y el mar Egeo para no perderla, al menos para no perderla sin que mediara explicación, él fuese capaz de acostarse con una desconocida, por la cual no sentía nada más que atracción física y curiosidad, una combinación en todo caso irresistible. Que él pudiera albergar ambos sentimientos en forma simultánea era algo que Fabiana no entendería. La aventura con Françoise, estimulada tanto por el placer que le deparaba su cuerpo como por el rencor que le causaba la ausencia de su mujer, no alteraba sin embargo los sentimientos que profesaba por ésta. ¿De quién había heredado la facultad para separar esas experiencias como si fuesen las recámaras herméticas de un submarino? ¿Eran simplemente así los hombres, capaces de vivir en esa dualidad sin sentir remordimiento alguno, como decía Fabiana? ¿Eran los hombres sencillamente polígamos, y las mujeres, por lo regular, monógamas? ¿Estaba eso atado a la cadena genética, a la circunstancia de que el hombre disponía de un número ilimitado de espermios, mientras la mujer de una cantidad acotada de óvulos, que por lo mismo ella no podía desperdiciar? En fin, todo eso se tornaba irrelevante: ella no lo entendería, no podría conciliar la idea de que él la buscase por Centroamérica y Europa impulsado por un amor genuino –o por lo que él interpretaba como genuino– con la de que pudiese mantener una aventura paralela con otra mujer.

Había soñado con Fabiana durante el vuelo transatlántico. En vertiginosas imágenes, había vislumbrado capítulos de su vida, que ella le había relatado y él, en cierta forma, olvidado. ¿Por qué no la había escuchado como debía? ¿Por qué no había almacenado esos relatos en la memoria? Tal vez porque había asumido que ella estaría siempre junto a él, eternamente dispuesta a narrárselos una y otra vez cuando él lo estimara necesario, como si Fabiana fuese una enciclopedia del hogar, que se consulta cuando se la necesita para salir de apuro, no una persona que cuando anhelaba contar su vida, merecía ser escuchada con atención. Y en el sueño que tuvo en su butaca, Fabiana emergía pronunciando palabras inaudibles en escenarios ambiguos y misteriosos, palabras que se desvanecían, llevándose consigo la nitidez del recuerdo. Supo que ya era tarde, que ahora no podía pretender rescatar de la memoria lo que no había almacenado en ella. Los relatos que su mujer le había hecho, salvo los del inicio de ese amor, cuando ambos se fundían en el delirio y la ternura, se habían esfumado sin anclar en su memoria ni fecundarla, y, por lo tanto, sin que él pudiera recobrarlos. Era inconcebible que Carolina supiera más sobre Fabiana que él, pensó agobiado.

¿Qué pensaría ahora su mujer? ¿Estaría en Keratokambos? ¿Habría vuelto allá en busca de los inicios de la relación? Mientras la aeromoza volvía a servirle café, le vino a la memoria la visita a Roma que habían hecho antes de dirigirse a Creta, hacia donde iban guiados por *Las dos caras de Jano*, una novela de Patricia Highsmith que tenía lugar en la isla. Recordó que una madrugada, después de cenar en el Trastévere y pasear a lo largo del Téveris, se habían detenido en la Piazza Navonna. Eran las tres de la mañana, reinaba la soledad en la explanada y sólo la fuente de Bernini estaba iluminada. Caminaron hasta ella ansiosos, excitados. Habían tratado de hacer el amor junto al muro del malecón, entre las sombras de los árboles que crecen junto al río, donde Fabiana se había despojado del blumer, quedando en una falda corta y una holgada blusa de lino, pero los vehículos, que de cuando en cuando se detenían frente a ellos, se lo habían impedido. Apenas habían podido besarse y acariciarse parapetados en las sombras. Ahora ardían de deseo. Se sentaron en el borde de la fuente, amparados por el juego de luz y sombra de las esculturas, y comenzaron a besarse y acariciarse de nuevo, animados por el rumor del agua, el cielo estrellado y la sensación de que eran los únicos habitantes de la noche romana.

Las manos de Bruno recorrieron los muslos de Fabiana y buscaron su sexo. Ella le suplicó que no prosiguiera porque estaba comenzando su período. Bruno, cosa que recordaba ahora con un estremecimiento que agudizó el crujido de hierros del tren de aterrizaje de la nave que planeaba sobre Atenas, le dijo que no importaba y que la amaba con todo lo que ella era.

—¿Seguro? –preguntó Fabiana incrédula.

—Seguro –dijo él y sus dedos invadieron esa vegetación ondulada, apartaron con delicadeza unos labios húmedos, y se sumergieron entre las paredes carnosas y tibias.

—Te vas a arrepentir –advirtió ella y hundió sus pies con sandalias en la fuente, en cuyo fondo refulgían las monedas. Bruno, sentado de lado, vuelto hacia la plaza, disimulando la verdadera trayectoria de su brazo, paseaba con fruición sus dedos dentro de Fabiana.

Tras un beso largo y profundo, Bruno se los enseñó, estampados por finos líquenes de fuego.

—Te lo dije –advirtió ella, sonrojándose.

Bruno se marcó una breve línea roja en la frente, que arrancó una sonrisa nerviosa a Fabiana, y luego le cogió la mano a ella y se la guió bajo la falda.

—Tú también –le ordenó.

Fabiana hurgó unos instantes entre sus muslos con los párpados entornados, la cabeza apoyada en el hombro de Bruno, y le enseñó después sus dedos teñidos. No había nadie más en la Piazza Navonna, sólo ellos en la fuente de Bernini, entre los edificios de piedra que circundan el lugar, bajo el cielo recargado de estrellas. Fabiana se estampó un lunar en la frente, y luego se quedaron admirando sus rostros decorados. Volvieron a besarse.

—Prueba tu savia –le dijo Bruno e introdujo su índice en la boca de ella.

—Es como agua de mar –dijo ella degustándola, y acercó sus dedos a los labios de Bruno.

—¿Te atreves? –le preguntó.

Bruno saboreó el deje espeso y metálico que manaba de Fabiana y volvió a besarla. No fue sino hasta que comenzó a clarear que salieron de la fuente y echaron a andar descalzos, dejando sus huellas de agua estampadas en la superficie de la plaza. Recorrieron Roma de la mano, en silencio, mientras la ciudad despertaba y se poblaba de ruido y movimiento.

36

¿Por qué no puedo recordar mi vida en orden cronológico y se me desordena al igual que esos tapices mayas que incorporan el azar como parte de su diseño? ¿Por qué no puedo articular mi relato como Bruno ordena los suyos, en secuencia rigurosa, ajustada a causas y efectos, ofreciendo al final una conclusión que tenga algo de novela bien estructurada? ¿Será que simplemente no puedo hacer lo mismo o será que en el fondo considero que esa ilación cronológica en verdad no existe en la memoria, que el valor supremo de ésta consiste en su capacidad para almacenar, aunque caóticamente, imágenes de lo ocurrido o imaginado?

Ahora recuerdo que cuando llevaba tres meses de embarazo de Carolina, viajé a mi país para presentarme bajo otro aspecto, no como la muchacha tímida que había sido hasta entonces, sino como una mujer que sabía qué esperar de la vida. Aún no me casaba con Bruno y ambos cursábamos estudios de postgrado en Boston, pero planeábamos formar una familia con todas las de la ley. Era tal mi confianza en él y tal mi deseo de desafiar sin palabras al tío, que durante esos días en la capital me vestí de forma ceñida para que todo el mundo advirtiera que esperaba un hijo sin estar casada. Esa experiencia de amar y cargar alegremente, sin papeles, un bebé, y el asesinato de Camilo, ocurrido un par de años antes, me empujaron a buscar por primera vez el nicho del cementerio de Antigua donde descansaban los restos de mamá. Llegué hasta allí una mañana con un ramo de flores, y un muchacho que portaba un latón con agua me ayudó a ubicar la tumba de Alma. Dispuse pacientemente en el macetero de mármol las rosas blancas y rojas, que a ella tanto le gustaban, le di una propina al muchacho para que se marchara y me arrodi-

154

llé ante mi madre para contarle que ya estaba libre del poder inquisidor del tío, que había perdido al novio guerrillero, cuyo cadáver había aparecido un día ametrallado en una canaleta cercana al aeropuerto La Aurora, y que tras conocer a Bruno en Estados Unidos y enamorarme de él como para tener un hijo, en fin, después de todas esas vicisitudes y alegrías de la vida, comenzaba a ver bajo otra luz su gran falta, su error: habernos abandonado. Y pensé que ambas, mi madre desde algún punto vago del más allá o mi imaginación, y yo, en el bello cementerio de Antigua de los Caballeros, podríamos acercarnos basadas en el perdón y el olvido. Permanecí horas en silencio, sentada en el césped, junto a las rosas, frente al nicho.

No quiero engañarme ni nutrir mi memoria con nada falso, pero lo cierto es que ese día escuché a mis espaldas la voz de mamá, su timbre melodioso del último encuentro que tuvimos en una calle de la capital. De pronto percibí el crepitar de una rama, y cuando me volteé, imbuida por una mezcla de esperanza e incredulidad, sólo divisé un pájaro posado en un arbusto, inocente, alegre, calentándose al sol. Yo había vuelto al país por primera vez en tres años para estar cerca de mamá. Me alojé entonces en un antiguo hotel céntrico con patio interior y fuente, establecimiento que de alguna forma me sugirió una canción de Mick Jagger, que Bruno solía escuchar hace años, en la que alguien cuenta que está cansado de la vida y decide desaparecer, modificar su aspecto físico y ocultarse en un cuarto de hotel barato. En fin, pese a todo el esfuerzo, ese viaje fracasó porque no logré reprimir del todo mi resentimiento hacia mamá ni traicionar públicamente al tío Constantino. Lo cierto es que aún no lograba perdonar del todo a Alma.

Después de la visita al cementerio, pasé varios días encerrada en el cuarto del hotel. A través de su ventana divisaba campanarios de iglesias y las copas de los árboles de una plaza cercana. Me embargó una angustia insoportable, que me hizo suponer que con todo lo que me había ocurrido, yo no tenía derecho a ser feliz, que

hay vidas que surgen con el estigma del fracaso, que ya están es-
critas y que una, a lo sumo, sólo puede aspirar a cambiarles el
tono, a aclararlas y afinarles la imagen, pero no a modificarlas
sustantivamente. Tres años llevaba sin regresar a la capital de
las montañas y los volcanes, al país más bello y violento de Cen-
troamérica, convencida de haber superado el pasado, mi historia
personal, esa que conocía toda la sociedad capitalina, o al me-
nos así yo lo imaginaba, pero la dolorosa versión de mi biografía
continuaba allí indeleble, íntegra, acechándome agazapada, nu-
trida con nuevos detalles e interrogantes, que la pluma invisible
y malintencionada de un narrador parecía ir agregando con el
paso de los días.

37

Bruno desembarcó en Atenas al mediodía, en un aeropuerto pasado a humo de cigarrillo y a café. Cogió un Olympic con destino a Heraklion, la capital de Creta. Era un vuelo corto, de no más de una hora, pero desperdició dos entre el control de pasaportes y la espera de la combinación que despegó atrasada.

Aterrizó en Heraklion cerca de las cuatro de la tarde, con la nostalgia agarrotada al cuerpo. Era el sitio donde veinticinco años atrás había, en rigor, nacido el amor con Fabiana. Entonces vivían en Boston, y ella venía emergiendo del pozo oscuro del recuerdo de Camilo, un amor entonces aún no del todo desvanecido. De alguna forma el aire prístino y caliente de Creta, sus cerros áridos, de rocas refulgentes, la simetría de los olivares y el ajetreo infernal de la ciudad con sus motocicletas, le devolvían ahora a un pasado feliz y esperanzado, que se nutría del amor por Fabiana. Entonces ella era una muchacha de bellos ojos soñadores y rostro fino, con algo de garza. Había tenido que escapar de la dictadura, así como él había huido de la suya en su país. Corrían los años ochenta, en la región abundaban los regímenes militares, y el solo hecho de llegar a las islas griegas, míticas y distantes, parecía irreal y los inundaba de una voluptuosidad y ternura insospechadas.

Volverían dos veces al mar Egeo. La primera, a Samos, con Carolina, cuando ella tenía cinco años; la segunda, a Santorini, cuando celebraron el décimo aniversario de su boda, siempre intentando revivir la experiencia del pasado, pero era como si una espada llameante les impidiese el retorno al paraíso. Después no habían regresado a las islas, a pesar de que Fabiana insistía que en la ensenada de Keratokambos había sido más feliz que nunca en su vida. Bruno no olvidaría nunca más esas palabras. Alquiló un jeep y cogió la carretera al sur, a través de olivares y la cordillera que recorría la isla de este a oeste, sabiendo que le tomaría dos horas llegar a Keratokambos.

Había averiguado que el lugar continuaba siendo un destino rara vez visitado por extranjeros. La masa de turistas nórdicos y británicos, ávidos de sol y playa, se instalaba en la costa norte de Creta, en alguno de los millares de hoteles de dudosa arquitectura que bordeaban el mar, contaminándolo visualmente. Se trataba de seres sedentarios que una mañana visitaban el Palacio de Knossos y el Museo de la Ciudad, y luego pasaban quince días al sol, hartándose en las tabernas y emborrachándose en los bares. Hacia el sur, sin embargo, en las caletas, la vida continuaba transcurriendo tan apacible como hacía medio siglo. Los escasos turistas que se aventuraban hasta allí, procuraban disfrutar en silencio una botella de vino, un pescado al grill, ensaladas deon kalamatas, y el infaltable café a la turca.

Cuando el sol declinaba proyectando fulgores postreros en las crestas de los montes, Bruno comenzó a descender la peligrosa cuesta llena de curvas que desembocaba en Keratokambos. Se detuvo en un mirador a contemplar desde lo alto las casas de la caleta y recordó, con una sensación de orfandad, que decenios atrás se había detenido exactamente en ese sitio a contemplar el paisaje con Fabiana.

No encontró, sin embargo, la Pensión Odiseo, donde se habían hospedado. Era entonces una casa de dos pisos, de piedra la planta baja, de cemento la parte alta, con tejado y puertas y ventanas azules. No se trataba, por fortuna, de esas viviendas de cartón piedra de Estados Unidos, que cualquier tornado arrastraba consigo. Desde el balcón del cuarto, en el segundo piso, veían el mar. Y por las mañanas los despertaba el rumor de las olas con su fragancia de algas, y el graznido de gaviotas entreverado con las voces de pescadores viejos, que llegaban temprano hasta la playa a presenciar, hieráticos y con las manos en los bolsillos, el zarpe de sus compañeros.

Ahora, en el lugar de la pensión, se erguía un edificio de dos niveles que imitaba la arquitectura simple y acogedora de las islas griegas. Pintado de color pastel, tenía balcones con flores, un jardín con palmeras y una fontana que contagiaba con su murmullo de agua fresca ese rincón del Mediterráneo. Era el Hotel Komis.

—¿Le quedan habitaciones? –preguntó en un lobby de paredes altas y claras, con piso de piedra caliza y generoso despliegue de vasijas de cerámica.

—Nos queda una en el segundo nivel –dijo el recepcionista–. Con vista al mar.

El cuarto era fresco, de dos ambientes, separados por un desnivel y una reja de madera pintada de azul. Le gustaron las paredes terracota, como las de Antigua de los Caballeros, los muebles rústicos y la porosidad del piso de piedra. Se asomó al balcón a esperar que los dedos de la noche tocaran la isla. Estaba seguro que allí, en Keratokambos, volvería a encontrar a su mujer. Fue entonces que sonó el teléfono.

38

—¿Doctor Garza?

—Sí, con él.

—Le habla Oliverio Duncan —anunció la voz. Los ojos de Bruno peinaron las mesas del jardín del hotel buscando al inspector de Estocolmo—. No se vuelva, no estoy cerca suyo.

Bruno volvió a examinar las mesas. Tuvo la incómoda sensación de que Duncan se burlaba de él.

—¿Qué necesita, inspector?

—Tranquilo, estoy lejos —insistió la voz de Duncan en tono reposado—. Aunque sé que cuando en mis investigaciones sorprendo una vez a una persona como lo hice con usted en el Café Condesa, ella cree siempre que volveré a aparecer de modo inesperado.

—¿Cómo van las cosas, inspector? —preguntó Bruno y buscó refugio en su cuarto.

—Por eso lo llamo, doctor Garza. ¿Dónde está usted ahora?

—En Creta, inspector.

—¿En Creta? ¿Y qué hace allá?

—Descanso. Es verano. Tengo vacaciones.

—No me dijo que pensaba ir a Grecia cuando hablamos la última vez.

—Ni yo lo sabía —dijo Bruno y se desplomó en un sillón.

—¿Y su esposa? ¿Está ella con usted?

—No, inspector. Ella no está conmigo.

—Entiendo —dijo Duncan y guardó silencio por unos instantes—. No hay novedades por mi lado —agregó al rato.

—¿Y para qué me llama, entonces?

—Sólo para saber en qué anda. Pero no se preocupe, usted está libre de toda sospecha –agregó Duncan con voz profunda. Bruno se levantó, abrió la puerta del minibar y extrajo una botellita de whisky. Bebió al pico un sorbo largo–. Claro, que debo confesarle una cosa.

—¿De qué se trata, inspector?

—Siempre acostumbro a decirle a la gente vinculada con mis casos que no se preocupe, que está libre de toda sospecha.

—¿Como me lo está diciendo a mí ahora?

—Más o menos. Lo que pasa es que usted está efectivamente libre de toda sospecha, doctor Garza. Lo que yo digo altera en especial a los culpables. A menudo se convencen de que están libres de polvo y paja, se vuelven descuidados e incurren en errores.

Bruno vació la botellita y la arrojó al canasto junto al escritorio. Sabía que no debía temer a Duncan, pero su estilo enigmático y el recuerdo de sus ojos escrutadores bajo las cejas blancas, lo intimidaban.

—No es una mala estrategia –comentó Bruno con tono agrio.

—No lo es –repuso Duncan–. Bueno, lo dejo ahora. Me tranquiliza saber que aún puedo ubicarlo a través del celular. Que disfrute esa bella isla de Creta, doctor Garza.

39

Después de estudiar historia del arte en Nueva Orleans, regresé a mi país, pero no tardé mucho en dejar para siempre la fortaleza del tío. Lo hice porque me había acostumbrado a la independencia de las estudiantes norteamericanas, pero también porque había comenzado a salir con un estudiante de ingeniería que operaba como correo de la guerrilla de la URNG. El tío sospechaba, no obstante, del muchacho y su familia, a la que consideraba comunista y atea, por lo que no veía con buenos ojos la relación. Comencé a impartir, como ayudante, clases de barroco español en la Universidad de San Carlos de la capital y me trasladé, siguiendo inconscientemente la trayectoria de mi madre, a una casita de clase media. Por primera vez en mi vida era independiente y vivía de mi salario, por primera vez me atrevía a pensar lo que quería ser y hacer en la vida. Tuve entonces varios planes, entre ellos colaborar con las organizaciones humanitarias que operaban en las zonas de hambruna del África subsahariana. Después me propuse comenzar practicando la caridad por casa y recolectar fondos para atender en el Petén a los huérfanos de la guerra. Sin embargo, una tarde descubrí para mi estupor que, detrás de esos proyectos utópicos, acariciaba la idea de visitar a mi madre.

Habían transcurrido diez años desde la separación, nunca había vuelto a verla. Sentí que debía buscarla. Aunque aún no creía haberle perdonado por el dolor que me había infligido cuando niña, sentí una corriente invisible que me arrastraba hacia ella. No pretendía ignorar las diferencias que nos habían apartado sino evitar que mamá se fuese convirtiendo en palabras e imágenes cada vez más difusas, hasta desaparecer por completo de mi vida. Además entonces, gracias al amparo y el apoyo que me brindaba Camilo, el joven colaborador de la guerrilla, que pertenecía a la clase ilustrada de la ciudad y no tenía aspecto de insurgente, fue disminuyendo mi rencor en contra de mamá. Aquel cambio se debió también a la influencia de la madre de Camilo, una mujer agnóstica, amante del arte maya y la literatura latinoamericana, quien desconfiaba de la clase social a la que yo pertenecía, pues la consideraba culpable de la injusticia, la miseria y la dictadura que reinaban en el país. Me enamoré de aquel joven frágil y apuesto, que de ser identificado como insurgente por el gobierno sería asesinado, y soñé que podría ser feliz junto a él. Además, en la casa del centro, donde él vivía con sus padres, encontré por primera vez un oasis. Allí no me alcanzaban los ojos escrutadores de la sociedad capitalina ni causaba suspicacias mi drama familiar. Allí me sentía a mis anchas, como si hubiese recuperado el hogar perdido cuando niña, y mis ambiciones materiales hubiesen topado un límite. Era feliz porque no ansiaba nada más que mi trabajo, estar con Camilo y vivir la vida en un mundo auténtico como el que representaba su madre.

—Fui feliz de nuevo por primera vez en mucho tiempo –le dije un día a Bruno. Estábamos en Boston, éramos estudiantes universitarios, yo de postgrado en arte, él de ciencias políticas; llevábamos poco tiempo juntos. Ahí descubrí que la definición más simple de felicidad era la de vivir en circunstancias que una no canjearía por otras.

Sí, estaba enamorada del guerrillero y lo acompañaba ciertos fines de semana a pueblos del altiplano, donde alojábamos en pensiones simulando ser turistas. En realidad lo que Camilo hacía era llevar y traer mensajes de la capital a la guerrilla, que operaba en las zonas rurales, respaldada por los indígenas. Gracias a su aspecto europeo y su educación, él era capaz de romper los círculos que los militares imponían alrededor de las regiones controladas por la URNG, y de portar mensajes ocultos en los tacones de sus botas, el fondo falso de una linterna o simplemente en la memoria. *Como en las novelas rosa, nuestro amor había ido naciendo bajo el alero del peligro. Fue en ese momento, al acostarme con un hombre sin estar casada con él, es decir, al vivir en pecado, como diría el tío Constantino, que logré entender a mamá y sus encuentros subrepticios con el hombre del sombrero Al Capone. Entonces empecé a justificar la conducta de Alma, su entusiasmo repentino por la vida, su ansia de volver a ser joven, los minutos que pasaba expectante mirando a través de la ventana o contemplándose en el espejo de luna entera del ropero, o la premura con que corría a atender el teléfono. Podía imaginar y comprender ya sin prejuicios, aplacando mis recuerdos teñidos de amargura y decepción, las ideas que habían hervido en la cabeza de mi madre, sus ganas de rehacer su vida y recibir caricias, la coquetería con que se maquillaba y escapaba por horas, como una Cenicienta tropical, de esa soledad sórdida y sacrificada que implicaba ser viuda con tres hijos en medio de una finca.*

40

Mientras se servía tsoureki con mantequilla y un café en el balcón del Komis, Bruno pensó, con emoción, que por esas casualidades de la vida estaba en el sitio exacto donde antes se alzaba la modesta Pensión Odiseo. El nuevo hotel condenaba al olvido la casa donde Fabiana y él, aún jóvenes, se habían amado apasionadamente, donde en verdad su amor había comenzado. Al igual que en el origen de un mito, una utopía o una leyenda, siempre se daba en el amor un instante de cristalización definitiva, que a la postre resultaba decisivo, y para ellos ese instante había tenido lugar en Keratokambos. Sin embargo, ese pasado persistía ahora sólo en su memoria, en una memoria que, por desgracia, se iría desperfilando hasta desvanecerse.

Bajo el cielo limpio, tuvo de pronto la certeza de que la perspectiva que le ofrecía el balcón era idéntica a la que había tenido, más de veinte años atrás, desde el balcón del cuarto en la Odiseo. De alguna forma, el tiempo le hacía guiños, por alguna casualidad estaba contemplando el mundo desde el mismo punto desde el cual lo había hecho en el pasado, aunque esta vez sin Fabiana y desde una construcción sin historia. No podía ignorar el papel de las casualidades en la vida: el hallazgo de la persona afín, el segundo en que alguien optaba por la infidelidad, o descubría la traición, eran, casi siempre, frutos del azar. Y en su caso, que Fabiana hubiese cargado con un libro de Grecia y Stefania lo hubiese advertido, le habían permitido concluir que su mujer planeaba regresar al sitio donde habían sido felices. Admitió que no era una conclusión sólida, que se apoyaba en exceso en los pilares movedizos del azar, pero no sabía a qué otra cosa aferrarse para no volver defraudado a la casa junto al río. Llegar al Midwest con las manos vacías representaría su mayor fracaso, pensó, una claudicación ante la voluntad de Fabiana de desaparecer y guardar silencio, el entierro de su propia identidad. Y eso se lo había aclarado en un mensaje a su hija, quien desde Nueva York consideraba que su viaje a Europa era una locura, una ridiculez, porque lo más probable era que su madre aún anduviese en Centroamérica.

«No sé por qué consideras terrible que una mujer se marche por unas semanas de su casa si está harta de lo que encuentra allí», decía Carolina. Lo cierto es que ahora él estaba allí, confiando en que las líneas de desplazamiento confluyeran, casi por azar, en Creta, y en que, por ello, encontraría a Fabiana. En Atenas había vuelto a controlar el estado de la cuenta bancaria bipersonal, sin detectar variaciones, lo que le permitía desplazarse tranquilo por la isla, aunque sin incurrir en gastos excesivos.

Recordó de pronto el nombre de Kostas, el dueño de la Odiseo. Su figura le vino a la memoria como lo había visto en el pasado: cincuentón, como él mismo ahora, de carnes enjutas, voz gruesa y vitalidad exultante. Destilaba generosidad por los poros, y no se cansaba de celebrar la belleza de sus huéspedes ni de desearles, sin demasiada originalidad, desde luego, salud, dinero y amor. Gritaba todo aquello desde una mesa bajo el parrón de su local, premunido de una copa de vino o una taza de café, con una sonrisa de dientes blancos en medio de su rostro cuarteado por el sol. Bruno y Fabiana ocupaban el mejor cuarto del segundo piso, con balcón de madera y vista al mar, a diferencia de los cuartos traseros, que daban hacia los cerros que caían a pique frente a Keratokambos. En el primer piso estaba la taberna de Kostas, que por la mañana ofrecía un desayuno frugal, pero a mediodía y por la noche calamares, sardinas y pez espada al grill, acompañados de ensalada choriáteki y un potente tzatziki. Kostas los había guiado hasta donde un amigo que les alquiló un jeep a precio de ganga porque Bruno venía de «un país pobre y marinero como Grecia».

—A los alemanes les cobro el triple –explicó–, pero ustedes son como nosotros, saben disfrutar la vida con poco.

Terminó el café y salió a la calle repitiéndose el nombre de Kostas. Él podría ayudarlo ahora a dar con su mujer. Porque en alguna pensión u hotel de los alrededores debía estar Fabiana, pensó Bruno mientras observaba las fachadas en que se posaba la luz ambarina de esa hora del día. Tal vez ella simplemente había descartado el Komis para no alojar en el mismo sitio donde antes se alzaba la vieja casa cretense, pensó. Se propuso iniciar la búsqueda cerca de las tabernas, que despliegan desde temprano sus mesas y sillas a la sombra de los parrones, a metros de la arena. Llevaba consigo fotos de Fabiana, un diccionario en griego y la esperanza de que su mujer estuviese en Keratokambos.

41

Al atardecer tuvo, sin embargo, la sensación de que se había embarcado en una empresa absurda, que su hija tenía razón, que imaginar a Fabiana en Keratokambos era algo descabellado que alentaban sólo las palabras de una italiana que él jamás había visto y de una francesa que, en cierta medida, lo había utilizado. Suponer a Fabiana bajo ese mismo cielo azul y sin nubes era una estupidez, una forma equivocada de enfocar las cosas, se dijo mientras bebía ouzo en una taberna, e intentaba dominar la impaciencia que lo hacía añorar la rutina de su ciudad, las calles amables y los espesos *macchiati* del barrista Brian Freire, y soñar con que Fabiana estaba a punto de volver a casa. Sintió que había fracasado irremediablemente; tal vez su mujer continuaba en Centroamérica y los indicios de que viajaría a Grecia sólo eran argucias para despistarlo.

Desde la recepción del Komis le había enviado un nuevo mensaje a su mujer, contándole sus inquietudes, proponiendo arreglos, pero ella seguía sumida en el silencio. Tal vez ella lo espiaba como una insensible diosa voyeurista desde un punto remoto, y su silencio simbolizaba el poder que había alcanzado sobre él. ¿Ella no había estado siempre, como alegaba, a disposición suya en el matrimonio? ¿No había mostrado siempre la mejor voluntad para ayudarlo y sacarlo de apuros en las cosas prácticas que a menudo lo agobiaban? ¿Cómo iba a ser pragmático un hombre que se especializaba en la historia del infierno y la utopía, y enseñaba en una universidad ubicada en el Estados Unidos profundo? Pues bien, ahora Fabiana abandonaba simplemente el escenario, se ocultaba tras las bambalinas, y lo despojaba a él, a Bruno Garza, de su compañía, que era a su vez su droga; él perdía así fuerza, iniciativa e, incluso, el sentido mismo de su existencia. ¿O tal vez le había ocurrido a ella algo grave? ¿No le habían advertido a él que los tiempos no estaban para que las mujeres anduviesen solas por el mundo, pues las tentaciones eran demasiadas e innumerables los riesgos? Según Carolina, él no debía dejarse arrastrar por suposiciones alarmistas, pues su sexto sentido le indicaba que su madre estaba bien, tal como la habían visto en Centroamérica las turistas europeas. De lo que se trataba era de ser paciente y dejar que Fabiana regresara al hogar por su propia voluntad. «La reconciliación», agregaba uno de los mensajes de Carolina, «sólo será posible cuando mamá decida volver de *motu proprio*».

La calma de su hija, que se le antojaba similar a la quietud del mar libio, que inundaba de sosiego las mañanas y los atardeceres de la costa sur de Creta, bien podía deberse a que mantenía cierta complicidad con su madre, concluyó. Tal vez su hija se la ocultaba porque ambas deseaban que él mordiera el polvo de la derrota y se percatara del daño que había ocasionado al matrimonio con sus infidelidades. En el fondo, se trataba de una venganza cruel, maquiavélica, coordinada entre madre e hija, se dijo Bruno masticando una aceituna. De otro modo no se explicaba la tranquilidad que trasuntaban los mensajes electrónicos de Carolina frente a la desaparición de Fabiana.

Ordenó otro ouzo. Estaban llegando clientes a la taberna, atraídos por el aroma a pulpo asado. La búsqueda, debía admitirlo, no prosperaba. Había recorrido varias pensiones de Keratokambos, y también cafés y tabernas, había acudido a la oficina de correos y a los dos almacenes del pueblo, pero nadie le había suministrado información sobre la mujer que portaba en retratos. El comienzo era siempre promisorio: los cretenses partían afirmando con entusiasmo que reconocían a Fabiana, asentían con la cabeza y alzaban la voz, discutían en torno al lugar donde acababan de verla, pero al rato el ánimo declinaba, las semejanzas se tornaban parecidos lejanos, y, al final, todo se diluía en evasivas que terminaban por descorazonarlo.

Lo único positivo de todo aquello, al margen del escenario que le ofrecía la ensenada ese día de luz restallante, con ensordecedor canto de cigarras, era que Kostas aún vivía. Se lo había anunciado el mesero de una taberna vecina, quien todavía no olvidaba al legendario dueño de la antigua Pensión Odiseo.

—Anda por Heraklion visitando a su bisnieto –le dijo Dimitrius mientras le servía, de almuerzo, un generoso plato de marides, peces blancos y delicados como sardinas, fritos en aceite de oliva, acompañados de lechuga y cebollines–. Regresa mañana. Vive en las afueras de Keratokambos, en una casa en lo alto de una colina, mirando al mar.

La noticia lo entusiasmó porque le hizo sentir que su pasado no se había esfumado en la isla. Mientras alguien recordara la época en que él y Fabiana habían estado en Keratokambos, su mujer perduraría como la joven bella y delicada que había sido, y ambos como eterna pareja de enamorados. Kostas debía recordarla, se dijo ilusionado, los viejos de las islas conservaban una memoria prodigiosa gracias al pescado, el vino y el aceite de oliva.

Esa noche, Bruno bajó a la recepción y chequeó su correo electrónico.

Encontró un desconcertante mensaje de Françoise. Le anunciaba que aterrizaría pronto en Heraklion acompañada de alguien que lo sorprendería. Insistía en que no se alejara de Keratokambos, que ya llegarían a verlo.

42

Conversar con Kostas no fue, sin embargo, lo que había supuesto. El griego tenía la barba y el cabello completamente blancos y una memoria lamentable. No se acordaba de él ni de Fabiana, pero asentía a todo, como si a ratos, por un fogonazo repentino, vislumbrase escenas del pasado y en ellas a la pareja de entonces. Bruno tuvo que admitir que se había equivocado al imaginar que el viejo debía recordarlos. Durante decenios el antiguo propietario de la Odiseo debía haber atendido a centenares de jóvenes apasionados como ellos, que disfrutaban la luna de miel en Keratokambos y hablaban un idioma para él indescifrable.

—Usted nos consiguió entonces un vehículo a buen precio con un vecino –gritó Bruno, pues Kostas estaba sordo, y le mostró otras fotos de Fabiana–. Pasamos un mes en su pensión, en el segundo piso, frente al mar, donde está ahora el Komis…

Kostas sonreía y lo palmoteaba en el hombro, pero era poco lo que entendía y menos lo que recordaba. Bruno captó de golpe que la historia de su amor no existía ya en el mundo. Ingenuamente, desde su casa en el Midwest, contemplando el río o paseando por los parques, había imaginado que Kostas, testigo clave del origen de su amor, aún los recordaba. Los amores, para existir, necesitan ser corroborados por la memoria de los demás, se dijo. La gradual disolución de su pasado desembocaría en la extinción del recuerdo del origen del amor con su mujer y, con ello, del amor mismo. Las personas, las cosas y los afectos, pensó abrumado, terminaban en verdad de morir definitivamente cuando se esfumaban de la memoria de los demás, conclusión que lo atormentó sobremanera porque siempre había imaginado que cuando el amor con Fabiana ya no existiese, perduraría al menos, resistiendo el paso del tiempo, en las imágenes que otros guardaban de la pareja. El olvido era la muerte postrera y definitiva de las cosas y la gente, se repitió. ¿Quién se acordaba hoy de su bisabuelo o tatarabuela? ¿Quién, aparte de él, sabía que su abuelo había raptado un siglo antes a la abuela en el sur del continente para casarse con ella pese a la oposición de sus padres? ¿Quién recordaba que su padre, ya extinto, había cargado aserrín a la casa en el puerto del Pacífico con el fin de criar caracoles, y que éstos terminaron un día escapando y rayando las paredes del vecindario con sus estelas plateadas?

Al final, el amor estaba para ser saboreado con las papilas del recuerdo, el amor era a las personas lo que el perfume a las flores, aquello que en verdad las sobrevivía. Con la agonía de la memoria de Kostas, que ahora ordenaba un ouzo y se sentaba con su aspecto venerable y despreocupado bajo un parrón a contemplar el mar de Libia, desaparecía su historia de amor, su amor moría una de sus últimas muertes. Lo acongojó suponer que ahora sólo en su cerebro, en sus evocaciones percudidas y desmadejadas, vivía aquella pareja joven, bronceada por el sol, de mejillas tersas, sonrisa franca y ojos soñadores. Ni siquiera su hija sería capaz de recrear los días que él había disfrutado junto a Fabiana en esa isla. Ahora sí se despeñaban él y su mujer por el abismo del olvido para caer en el reino de las sombras. Y ellos no serían como Er, que logró regresar al mundo de los vivos a contar cuanto había visto. Peor que no haber existido era haber sido olvidado, pensó Bruno.

Caminó junto al mar aspirando la brisa salobre, contemplando la superficie lisa del océano y las montañas escarpadas, pasó frente al Komis, y una vez más le pareció inconcebible que la antigua pensión de Kostas hubiese desaparecido, que nada delatase su antigua existencia, que ahora se alzase allí una construcción que simulaba ser antigua ante los ojos de los turistas. Más que concebir el pasado como algo ya acaecido, arrastrado por el río del tiempo, supuso que el pasado no dejaba de resistir, de sobrevivir, que no se iba definitivamente, como uno pensaba, sino que vivía aplastado y reprimido por el presente. De alguna forma la concepción antigua de la vida de ultratumba, ubicada en las entrañas de la Tierra, debajo del presente, era lo que mejor representaba el pasado. Tal vez el infierno y el pasado eran eso, simple ausencia. Lo cierto era que sólo el presente existía, lo demás no eran más que sus olvidos, amnesias, omisiones y fata morganas.

Nada restaba ya de los muros de piedra, del tejado polvoriento ni de los balcones de madera, ni siquiera del jardín abigarrado que regaba cada mañana con manguera la mujer de Kostas, la que había muerto años atrás, antes de que la pensión fuese derribada para dejar sitio al Komis. Recordó que la primera noche en la Odiseo, Fabiana y él habían explorado extasiados sus cuerpos todavía ardientes por el sol, sus sinuosidades recónditas, sus fragancias misteriosas, sus néctares ácidos. Se habían pasado horas exhibiéndose uno frente al otro, desnudos, desde sus camas apenas separadas por un velador de cedro con lamparita de pantalla de tela, mostrando sin inhibición sus cuerpos delgados y ágiles, sus pieles tostadas que bruñía la clara noche mediterránea.

Allí habían simulado que el otro era sólo una representación fantasiosa de cada uno, a la que se le ordenaban movimientos y poses que únicamente una excitación desbocada era capaz de exigir, y sólo un habitante de los sueños capaz de ejecutar. Desde esa distancia insignificante, marcada por el velador e imaginada insalvable, habían conocido el cuerpo y las fantasías del otro, habían sometido al otro mediante órdenes impartidas a través de susurros, en un juego afiebrado en el que habían sido amos y esclavos a la vez.

Una mañana, muy temprano, cuando Keratokambos dormía y la taberna de Kostas aún no encendía el horno de greda, habían violado el pacto de no tocarse durante tres noches consecutivas y salido al balcón de la Odiseo. Afuera los saludó la mañana de dedos rosados. Sólo había sosiego y silencio, ecos lejanos, un mar difuminado hacia el horizonte y un sol que derramaba ocres sobre los cerros aledaños. Una nave cóncava, de remos y velas desplegadas, se aproximaba a la costa. Desembarcó de ella un barbudo robusto, de túnica y espada al cinto, que atravesó lentamente las calles desiertas de Keratokambos mientras el velero volvía a zarpar.

Desnuda, azorada por aquella extraña imagen matutina, Fabiana apoyó sus senos contra la baranda del balcón y alzó cándida y despreocupada su trasero. Luego fijó sus ojos en el mar. Bruno se plegó a ella por la espalda y sintió que entraba en un mar tibio y espeso mientras oía el canto de las primeras cigarras despertadas por los rayos de sol.

43

Una tarde, después de la lluvia de las cuatro, y con la dirección de mi madre que Camilo me había conseguido a través de compañeros de la guerrilla urbana, caminé por las veredas en sombra de la capital, dejando atrás puestos de cebiche, almacenes de viandas y frutas, calles con baches y adoquines, y llegué a la casa de mi madre. Me detuve ante la vivienda con un estremecimiento, el corazón quería escapárseme del pecho y las sienes me palpitaban con fuerza. Fui incapaz de moverme porque los músculos se me agarrotaron y un torrente de sangre me inundó la cabeza.

Como yo también alquilaba una casita de un piso, con ventanas estrechas, en un barrio popular, y había abrigado secretamente por tanto tiempo, aunque sin querer aceptarlo en mi fuero interno, el deseo de ver a mamá, sentí que me faltaba el aire frente a la reja herrumbrosa que protegía el antejardín de la vivienda. Estuve largo rato allí, en la calle, sin escuchar nada, hundida en mis cavilaciones, sintiendo un frío atroz en el alma, asediada por el miedo a que el tío Constantino se enterase de la traición y me expulsara para siempre de la familia. Porque si el tío llegaba a saber de mi visita, y él siempre se las arreglaba para estar al tanto de todo cuanto ocurría en el país, me castigaría con las penas del infierno al comprobar que, como solía decir, había criado cuervos para que le sacaran los ojos. Pese a esos temores, me mantuve allí en silencio, inmóvil, aspirando la tarde fresca, pensando que detrás de esas paredes de bloque, bajo ese techo de tejas trizadas, junto a ese jardín de rosas y arbustos desordenados, vivía mi madre.

¿Qué pasaría si tocaba a la puerta? ¿Cómo reaccionaría mamá y qué aspecto tendría ahora? ¿Y qué diría el tío? Vi los ojos

inyectados en sangre de Constantino detrás de sus anteojos de marcos de oro macizo, la venita de la ira palpitando en la sien derecha, su índice acusándome de traición. Yo no había hecho uso aún de la herencia que me había dejado el abuelo en tierras, con las cuales se habían financiado mis estudios en Nueva Orleans. El abuelo, el mismo que había tardado cuarenta años en comprarle un piano a su mujer, pese a que se lo había prometido en Sevilla antes del matrimonio, había guardado hasta su muerte un silencio impenetrable con respecto a su nuera Alma, sin criticarla ni elogiarla, sin opinar sobre ella, dejando a sus hijos vía libre para decidir sobre su destino. Tal vez aquella indefinición podía deberse a que no estaba del todo convencido de que la actitud de mi madre fuese reprochable y a que mi abuela, agnóstica, era algo tolerante. Allá dentro debe estar mi madre, pensé. Las plantas de mis pies habían echado raíces en la calle polvorienta. Yo, la hija, al vivir bajo condiciones semejantes, estaba quizás repitiendo un designio ineludible, escrito ya en alguna parte.

En rigor, viví modestamente porque no deseaba hacer uso de la herencia, la que en verdad me habría permitido adquirir casa en el mejor barrio de la ciudad. Camilo me había convencido de que desde la vivienda que yo alquilaba podría no sólo acercarme a mi madre, sino también hacerme una idea de la triste realidad del país, de la forma en que la mayoría de su gente vivía.

—Esta es tu patria y debes conocerla a fondo, porque no sólo la integran quienes tú conoces —me dijo una tarde desde el catre donde yacían libros de Marx y Lenin, empastados en tapas de Biblia, confesionarios y libros de medicina.

Y era cierto lo que él decía, pues desde la antigua casa paterna o de la del tío nunca había tenido yo oportunidad de ver los rostros de la pobreza y del miedo a la represión. Entre mis nuevos vecinos, sin embargo, la dictadura no era algo que se filtraba a veces a través de un diario local gracias a la osadía de algún periodista de izquierda que los escuadrones de la muerte se encargaban después de asesinar, sino una experiencia cotidiana, ardua

y palpable, que se expresaba a través del lenguaje de los balazos,
las sirenas y el chirrido de neumáticos en las esquinas, hasta don-
de llegaban por las noches los gritos desgarradores de los deteni-
dos suplicando «¡no nos maten!».

44

Bruno se alegró de encontrar dos días más tarde, después del desayuno, unas líneas de Françoise en la pantalla anunciando que ya estaba en Creta. Agregaba que había intentado infructuosamente coger en Heraklion un bus hacia Keratokambos, por lo que viajaría hasta Mátala, ciudad cercana a Keratokambos, adonde él podría pasar a recogerla.

—¿A qué hora? —preguntó Bruno sentado a las teclas.

Su respuesta no tardó: al día siguiente por la noche. Precisaba que por la mañana recorrerían las ruinas de Knossos, y por la tarde se desplazarían a Mátala. Confiaba en arribar allá cerca de las ocho de la noche. ¿Le acomodaba esa hora?

No tuvo que pensarlo demasiado. La sola perspectiva de ver a Françoise de nuevo lo excitaba. Además, por fortuna, llegaría a otra ciudad, no a Keratokambos, de modo que si Fabiana aparecía sorpresivamente en el pueblo, no lo sorprendería con la francesa. Un encuentro de ese tipo se prestaría para malos entendidos. En el fondo, él se estaba oponiendo al ingreso de Françoise a un territorio que permanecía ocupado por Fabiana en su memoria. Todo aquello era, desde luego, una locura, porque lo razonable hubiese sido que él estuviera en ese momento en su ciudad del Midwest esperando el regreso de Fabiana de Centroamérica, no buscándola en una isla griega. Tal vez hilaba muy fino. ¿Tendría acaso realmente que explicarle a Fabiana la presencia de Françoise en Keratokambos? ¿No era él acaso quien debía exigir las explicaciones?

Salió al jardín del Komis e intentó apaciguar la curiosidad inflamada por la francesa. ¿Con quién llegaría? ¿Con Fabiana? No, era imposible, una locura siquiera imaginarlo. ¿Con su prometido? Podría ser. Tal vez quería tener a ambos frente a frente para tomar la decisión. Nunca entendería el alma de las mujeres, así como nunca entendería Fabiana el alma de los hombres, pensó. Se encogió de hombros y se dijo que lo mejor era esperar. Volvió al computador y le preguntó a Françoise si no prefería que él viajara a buscarla a Heraklion. Era un viaje de apenas dos horas.

Su reacción no se hizo esperar, llegó en tono festivo: prefería viajar en bus, pues estaba de vacaciones y quería saborear un viaje rústico, folclórico. Bruno se lo agradeció en silencio puesto que Heraklion le resultaba fea, agitada y ruidosa, atestada siempre de turistas extraviados, motocicletas infernales y coches destartalados. A esas alturas sólo sitios como Keratokambos preservaban la paz y la tranquilidad de antaño, el último silencio de Europa. Acordaron reunirse en Mátala y decidir allí, sobre la marcha, qué hacer. Los mensajes no transparentaban nada claramente romántico, pensó Bruno aliviado, sólo el afecto usual y entusiasta entre conocidos, la disposición de la mujer a ayudarlo, y su curiosidad por recorrer la isla.

Al día siguiente, después del desayuno, Bruno encontró un mensaje de Carolina en el correo electrónico. Decía algo que le extrañó, que se había convencido de que nunca hay nada garantizado en el amor, y que todo cuanto estaba ocurriendo entre él y Fabiana era culpa suya, de Bruno, que por lo tanto le correspondía analizarse a sí mismo, criticarse a fondo, y enviar esas reflexiones a su mujer. «Estoy segura que ella, aunque no te responda, lee todo lo tuyo», afirmó Carolina. La mera insinuación de que él podía ser responsable de la desaparición de Fabiana lo ofendió e irritó. Estuvo a punto de arrojar todo por la borda, regresar a casa, denunciar la desaparición de su mujer a la policía y dejarse de jugar al detective privado. Debió haber hecho eso desde un inicio, meditó mortificado, antes incluso de que aparecieran la francesa y Oliverio Duncan, así no se habría embarcado en esa aventura mediterránea de resultado incierto.

Aquella insinuación olía a ultimátum, a conminación a que se hiciera el haraquiri, extremo al cual él no llegaría. En verdad, se arrepentía sinceramente de haber tenido amantes, mujeres que ahora prefería olvidar, que había sepultado desde hace mucho en el olvido. Ese era un capítulo superado en su vida, lo que él ya había explicado a su mujer hasta la saciedad: las dos casadas infieles no habían sido nada más que una aventura en una época en que Fabiana y él estaban a punto de separarse. El paso del tiempo y el perdón de su mujer lo desligaban de cualquier responsabilidad. Su culpabilidad de entonces no podía seguir siendo enarbolada por su esposa o su hija cada año como la bandera nacional en fiestas patrias.

Cuando Fabiana había caído en la depresión que la había postrado en cama, crisis que el psiquiatra atribuía a un desequilibrio fotoeléctrico de las células cerebrales, y la psicóloga, por el contrario, a traumas de la infancia, diagnósticos que obligaron a Fabiana a consumir pastillas que la mantenían en un sueño profundo y prolongado, él había buscado consuelo aprovechándose de la frustración matrimonial de las dos mujeres. Había actuado como un ave carroñera, picoteando cadáveres del amor. ¿No quería saber acaso Fabiana lo que era el amor para los hombres? Pues allí tenía un botón de muestra, murmuró indignado. Él era un ave carroñera. Él se había acostado con esos cadáveres del amor para aplacar su instinto y ganar el tiempo que Fabiana requería para remontar la crisis. Se había acostado con ellas por un asunto práctico, hormonal, para desfogarse mientras su mujer no podía brindarle lo que él necesitaba. Ella no le había dejado otro camino. Por el contrario, había sido ella quien lo había empujado a una sucesión de citas clandestinas en discretos hoteles, donde no había espacio para el amor sino para ejercicios sexuales que eran, paradójicamente, la tabla de salvación de los matrimonios. ¿Quería saber ella cuánto la amaba y hasta qué extremos estaba dispuesto a llegar con tal de permanecer a su lado? Pues allí tenía la respuesta, flameando cruel ante sus ojos.

No permitiría que su hija ahora, a lo mejor por encargo de la madre, lo obligase a sentirse culpable. Él había incurrido en errores, no lo negaba, pero había pagado asimismo un alto precio por ellos. No podía olvidar que tras los encuentros con sus amantes en hoteles y aeropuertos, él retornaba a casa con el sentimiento de fracaso y amargura con que todo adúltero regresa donde los suyos. La satisfacción del deseo iba acompañada en este caso siempre de un epílogo gris y prolongado, que terminaba por estrangular el recuerdo del placer. Por eso, al ser descubierto, había pedido perdón de rodillas y con lágrimas en los ojos. Jamás podría olvidar la mañana de domingo, era verano y el río resplandecía entre el césped de las orillas, en que Fabiana llegó hasta el dormitorio, donde él leía el suplemento literario del *New York Times*, y le mostró, sin alzar la voz, sólo preguntándole qué era eso, copias impresas de los e-mails que él le había enviado a la hindú y a la cubana. Lo envolvió en ese instante una sensación tan profunda de irrealidad que pudo reaccionar con la calma propia de quien sabe que está soñando y despertará dentro de poco. Después había tenido que resistir la venganza de la cubana, furiosa por el simulacro suyo, la que pretendió destruir su matrimonio. Pero Fabiana y él habían salido adelante, a pesar de todo habían salvado lo suyo, y al cabo de unas semanas su mujer había emergido del pozo, y él podía mirarla a los ojos sin avergonzarse, preparado para iniciar una nueva etapa, con nuevos planes y libre de reproches. Por eso era imprescindible sepultar la aventura, olvidarla como si nunca hubiese ocurrido. Y por eso ahora no podía aceptar que su mujer, a través de la hija, intentase volver a crucificarlo por una crisis en la que Fabiana también había tenido, desde luego, su dosis de responsabilidad.

Después de zambullirse en el mar y observar el fondo de piedras y arena, ejercicio que lo sedaba, ordenó un café en una taberna y lo bebió con la vista fija en unos bañistas que intentaban en vano aproximarse a unos delfines que hacían piruetas entre olas reverberantes. Al rato cogió el jeep. Mientras ascendía la cuesta en dirección a Mátala, divisó, en lontananza, más allá de los delfines, el velero en el que, hace más de veinte años, había arribado a Keratokambos el extraño barbudo del sable. Sintonizó una emisora que transmitía *Simpathy for the devil*, oldie ya clásico, cantado por el abuelo Jagger, que lo trasladó a sus años de estudiante en Boston. Siguió conduciendo entusiasmado por la perspectiva de saludar dentro de poco a Françoise y a su misterioso acompañante.

45

Françoise cargaba una mochila verde olivo, llevaba jeans desteñidos, una blusa blanca sin mangas y una gorrita beisbolera NYC, cuando bajó del bus. Besó a Bruno en los labios con naturalidad, y le entregó la mochila. La tarde olía a pinos y a mar, y las calles del puerto de Mátala, atestadas de mesas y sillas, estaban dispuestas a ofrecer otra noche de diversión a los turistas.

Se sentaron en una taberna junto al mar, y quedaron mirándose por largo rato, sonriendo, sin decir nada. Bruno sintió que le desempolvaban el alma, y pensó que a Françoise le sentaba bien el aire seco de Creta. Ordenaron una botella de vino tinto, que comenzaron a beber con sardinas asadas y pan con tzatziki; después, a medida que oscurecía y refrescaba y el lugar se llenaba de música, ampliaron a una cena completa.

—¿No venías acompañada? –le preguntó Bruno.

—No te preocupes, la sorpresa ya viene –repuso ella coqueta.

—¿Seguro? ¿Y quién es?

—No seas impaciente –ella vació la copa–. Llegará más tarde. No consiguió espacio en el bus.

—Es Jean-Jacques, ¿verdad?

—No. Él está muy bien en Francia. Sigue trabajando, es un entusiasta incorregible. Cree que nos casaremos de todas formas.

—¿Te sinceraste con él?

—Le rogué que postergásemos la boda.

—¿Y cómo reaccionó?

—Le pidió ayuda a mis padres para que me disciplinen –ella sonrió–. Ahora no se opone a postergarla. Cree que me entró el pánico típico de las novias.

—¿Y entonces?

—Retrasamos el asunto por unos meses. El pobre no quería ceder, pero habría sufrido más si le hubiese dicho lo que pienso.

—¿Y eso es…?

—Que no lo quiero, que nunca lo quise. Mejor una mentira piadosa que confesar la verdad. Ya veré qué hago, una postergación puede ser postergada otra vez –dijo ella sonriendo, mientras el mozo les escanciaba de nuevo las copas–. ¿Y tú?

A Bruno le decepcionó la frialdad con que ella reordenaba su vida y se refería al prometido. Pensó en la cubana, en la hindú, en sí mismo.

—Aún no encuentro a Fabiana –comentó lacónico.

—¿Te ha escrito?

—Ni señales de ella.

Françoise apartó unas espinas de pescado hacia el borde del plato.

—Yo no me inquietaría –agregó antes de sorber de la copa–. Si dijo que venía a Grecia, y tú piensas que ella tiene motivos para venir a Creta, tiene que venir. La pregunta es dónde se instalará.

—Creo saberlo.

—Entonces la conoces muy bien.

Ordenaron calamares y ensalada mientras las calles comenzaban a inundarse de turistas y música.

—Pero tú no me has contado lo más importante –dijo Bruno–. ¿A qué viniste?

—A ayudarte.

—¿Cómo?

Ella sonrió.

—Vine a ayudarte a encontrar a tu esposa –puntualizó Françoise–. Así de simple.

—¿Y qué opina de eso Jean-Jacques?

—No olvides que ahora soy libre –dijo ella sosteniéndole la mirada–. Interrumpí la gira a México, postergué mi boda en Chartres y ahora dispongo de tiempo. Incluso tengo tiempo para ayudar a un amigo a encontrar a su mujer en Creta.

El mozo colocó las sardinas y la ensalada, y luego trajo otra botella de vino, que descorchó aparatosamente.

—¿Quién era el joven con el cual viajaba mi mujer? –preguntó Bruno.

—¿En verdad quieres saberlo?

—Claro que sí.

—Era Jean-Jacques –dijo Françoise seria, y después sonrió–. No, no me lo tomes a mal. No tengo idea. Lo digo porque sería increíble una historia así, agregada a la tuya, ya de por sí inverosímil: unos buscan a otros y nunca coinciden.

—¿Y puedo saber qué pretendes ayudándome a buscar a mi mujer? –preguntó Bruno, picado.

Françoise le acarició brevemente el dorso de una mano.

—Para tu tranquilidad, no pretendo nada, Bruno –dijo ella–. Soy simplemente una francesa loca que se inmiscuye en esta historia que parece arrancada de una novela.

46

Dejaron la taberna horas más tarde, bastante mareados por el alcohol, y llegaron al terminal de buses. La sorpresa anunciada por Françoise arribaría en un bus que estaba atrasado. Decidieron esperar en un local bebiendo ouzo y escuchando música. Cuando Bruno le pidió al mozo le tradujera la melancólica canción que cantaba una mujer por los parlantes, el hombre le explicó que era un rembetika, el blues griego, y que lo interpretaba Elly Paspala.

—Dice: «Me estoy transformando / frente a todos / y me buscas y yo te busco. / Si estás en alguna parte, / en una ciudad o en una isla, / una noche beberás mi secreto» –tradujo el mesero al inglés.

Escucharon en silencio, sorprendidos por el paralelismo entre la canción y la realidad de Bruno. El mozo volvió a llenar las copas y se alejó entonando la canción de Paspala. Poco después Bruno y Françoise retornaron al terminal. Allí los aguardaba ya alguien. Era Stefania, la italiana que había conversado con Fabiana en un aeropuerto. No supo si creerle o no, porque ya había bebido en exceso, y era demasiada casualidad que la italiana estuviese en Creta dispuesta a sumarse a lo que Françoise consideraba una historia inverosímil. Las dos mujeres se abrazaron, y Stefania, a fin de apaciguar la suspicacia de Bruno, le explicó que estaba allí porque la desaparición de su mujer era lo más increíble que había oído en mucho tiempo.

—Además, Europa es tan pequeña –comentó mientras se alejaban del terminal, con Bruno cargando su mochila. Hablaba español porque trabajaba para la embajada peruana en Roma traduciendo textos técnicos–, y Creta está a tiro de piedra de Roma. ¿No nos vamos de copas? –preguntó–. Estoy seca como el Sahara.

Volvieron a la taberna donde Bruno y Françoise se habían servido el último ouzo, ocuparon la misma mesa y ordenaron algo para picar y una botella de tinto. Bruno le preguntó a Stefania por detalles del encuentro con su mujer, pero la italiana se limitó a repetir lo que él ya sabía, que Fabiana le había contado su fuga de casa, y que, a juzgar por el libro que llevaba consigo, pretendía viajar a Grecia.

—Estoy seguro que volvieron por la canción de la Paspala –dijo el mozo al descorchar la botella–. Se las pondré enseguida.

La escucharon en silencio, mientras el mozo, con aire grave y ojos vidriosos, se las traducía de nuevo inclinando con aire conspirador su rostro sobre la mesa:

—«Me estoy transformando / frente a todos / y me buscas y yo te busco. / Si estás en alguna parte, / en una ciudad o en una isla, / una noche beberás mi secreto».

—Es verdad que la canción te viene al pelo –dijo Stefania mientras observaba la copa de vino al trasluz. Bruno tuvo la impresión de que la italiana no sopesaba del todo su drama, y le irritó su indiferencia–. Tú buscas a tu mujer ahora y ella quizás también te busca, pero se está transformando… Puede ser verdad.

—¿Estás segura que era mi mujer la que viste? –preguntó Bruno y extrajo de la billetera un retrato de Fabiana y se lo enseñó. Había postergado ese acto hasta ese momento por temor a que ella le dijera que había hablado con una mujer diferente.

—Es ella, no hay ninguna duda –exclamó Stefania, lo que animó a Bruno–. Además, su versión de la historia calza con la que me relató Françoise. Ya verás que regresa –lo consoló acariciándole el antebrazo–. Las mujeres sabemos ser terribles cuando queremos intimidar a alguien.

Era una muchacha entusiasta, con una mata de pelo café, grueso y despeinado, y unos ojos oscuros, que parecían no tomarse en serio las cosas, pensó Bruno. Tuvo la impresión de que para ella la vida era una retahíla de sorpresas, vaivenes, esperanzas y frustraciones, que había que asumir del mejor modo posible. Nada parecía conmoverla. Estaba allí simplemente porque la historia de un latinoamericano que perseguía a su mujer le despertaba curiosidad, y siempre había deseado visitar Creta.

Bruno admitió que la canción de Paspala daba cuenta de lo que a él le ocurría, y le vino a la memoria el rostro inquisidor de Oliverio Duncan y su teoría de los destinos anticipados en textos. Le pareció increíble que él, un hombre que vivía, hasta hace poco, tranquilo en el Midwest, se hallase ahora en una isla del Mediterráneo buscando a su mujer junto a dos desconocidas. De alguna manera el Midwest le resultaba cómodo. Era una región que habitaba un presente eterno, donde a nadie le importaba ni el pasado del vecino ni la historia de otros pueblos. En realidad, todos los que llegaban a Estados Unidos –como él y su esposa– lo hacían escapando de su pasado, procurando una nueva identidad, orientando la mirada hacia delante. No obstante, a veces tenía la convicción de que ni él ni Fabiana habían logrado escapar de sus fantasmas del pasado, que la memoria los perseguía como si fuese su sombra.

—Sólo quiero saber dónde vamos a dormir esta noche –preguntó Françoise al rato–. ¿Vamos de una vez a Keratokambos?

—No es bueno que maneje después de lo que bebí –repuso Bruno. Las estrellas se derramaban sobre la plaza adoquinada, confiriéndole al entorno un aspecto de postal–. Ya encontraremos albergue por aquí.

La italiana no tenía el aspecto melancólico y aburrido que Bruno asociaba con los traductores de textos técnicos. Su labor, que ejecutaba seguramente en una oficina estrecha, de cortinajes gruesos y lámpara de cristal, entre anaqueles llenos de libros empolvados, no había alterado aún su belleza ni doblegado su figura bien proporcionada. Contó que había estado en Antigua de los Caballeros en un curso de perfeccionamiento de español, y que había conversado con Fabiana, aunque no en el aeropuerto, como recordaba Françoise, sino durante un desayuno en La Casa de las Flores, un precioso hotel apartado. Sí, la fotografía que Bruno llevaba en su bolsillo correspondía efectivamente a la de la mujer con la cual ella había desayunado. Y también era cierto que Fabiana tenía un libro de Grecia sobre la mesa. En rigor, se trataba de una guía de *Travel Eyewitness* sobre las islas griegas, de lo cual no le cabía duda, puesto que ella misma la había hojeado. Estaba impresionada por el aire resuelto y tranquilo de Fabiana, por el ensimismamiento que la envolvía, porque irradiaba el sosiego de quien no tiene prisa e ignora qué busca, pero que está convencido debe proseguir su búsqueda. Las viajeras solitarias despertaban su admiración, aclaró Stefania. El mundo estaba construido para los viajeros, los Ulises de todos los tiempos, no para las viajeras. Se suponía que ellas debían aguardar en casa el retorno del marido, velando por su castidad y el orden del hogar. Para el hombre, en cambio, no había reglas, sólo la seducción vaga y sin riberas de la inmensidad.

—Pero algo en ella causaba ruido –agregó Stefania–. Y eso me atrajo. Se lo comenté a Françoise en cuanto hablamos de ti.

—¿Ruido? –repitió Bruno. En torno a la vela de la mesa revoloteó una polilla. Al final terminó chamuscándose.

—Sí, como una película mal montada o una traducción mal hecha. Algo en su relato resultaba contradictorio. Gozaba su libertad, pero sospecho que su sueño era volver a ser buena esposa, madre y dueña de casa, como un cordero que abandona el rebaño, se asusta y sólo añora regresar a él. Cursi, pero así me pareció.

—¿Es cierto que la acompañaba un joven? –Bruno se había abstenido de formular la pregunta para que las mujeres no lo ridiculizaran, pero ahora le daba lo mismo. La plaza, con sus luces, mesas y turistas, giraba como un carrusel, y el adoquinado era una bandera ondulante.

—Sí, la vi junto a un tipo de coleta, bronceado, más joven que ella –dijo Stefania con naturalidad.

—¿Compartían la mesa del desayuno? –preguntó Bruno. Sus mejillas se ruborizaron. Posó la mano sobre la muñeca de Stefania, y le hizo bien palpar esa piel suave y tibia.

—No me digas que estás celoso, Bruno –ella sonrió burlona–. Cualquiera tiene derecho a darse un revolconcito por ahí...

—¿Compartían la mesa?

—Sólo desayuné esa mañana con ella. Era temprano, había poca gente en el restaurante y por eso yo le conté mi rollo a la pasada, y ella a mí el suyo. Claro, sólo a la pasada, en términos generales, como suelen conversar los turistas.

—¿Y el acompañante? –insistió Bruno.

—¡Vaya, pero qué tipo más celoso! –comentó Françoise, lo que a Bruno le pareció de una crueldad innecesaria.

—Fue después del desayuno que los vi hablar –dijo Stefania–. Después se dirigieron hacia el área de los cuartos. Era un tipo de aspecto mediterráneo, bien parecido, con coleta a lo Robert de Niro en la película *Misiones,* no más de treinta años.

Bruno decidió no seguir indagando, porque esas descripciones lo angustiaban. Sugirió que mejor salieran a buscar hotel. No tardaron en comprobar que los que daban al puerto de Mátala ya estaban llenos, y que la ciudad gradualmente iba recogiéndose en sí misma bajo la negrura silente y abovedada del cielo.

—¿Y si nos vamos a Keratokambos, no más? –insistió Françoise. Bruno caminaba entre ambas mujeres, iban abrazados, tambaleándose–. Yo manejo, me siento bien.

—No estamos para manejar –porfió Bruno.

—Durmamos en la playa, entonces –propuso Stefania–. Dice mi guía que en los años sesenta los hippies vivían en las cuevas de la playa.

Se tendieron de espaldas en la arena aún tibia a contemplar las constelaciones y gritaron cada vez que un meteorito rasgaba el velo de la noche.

Después se quedaron dormidos.

47

Sí, estaba ante la casa de mi madre, sola y paralizada por la emoción y las dudas. En el estómago sentía un revoloteo de polillas y busqué apoyo en la herrumbre de la reja del pequeño jardín. De pronto escuché el canto de los pájaros del crepúsculo, el pitazo melancólico de una locomotora lejana y el borboteo de agua saliendo de una manguera tirada entre las plantas. A través de las ventanas abiertas, donde la brisa jugaba con las cortinas, me alcanzó el tartamudeo de un muchacho y la sonajera de un cascabel. Mi hermano, pensé, y el corazón se me contrajo y la vista se me nubló con lágrimas.

Fue ese el momento en que una mujer de cabellera blanca, que hurgaba de hinojos entre unos rosales, se irguió en medio de las flores como una aparición irreal.

—¿Sí? —dijo ella con una tijera de podar en las manos—. ¿Qué se le ofrece, señorita?

Y cuando fijó sus ojos en mí, vi que quedaba petrificada. Sin decirnos palabras, aguantando tensas la respiración, ambas tratamos de descifrar en el otro rostro las huellas de diez años de separación. Sólo recuerdo que entre nosotras se instaló un silencio tenaz, como el que reina por las noches en una finca. Pensé en lanzarme a sus brazos. Pero, a modo de excusa, me dije que la reja me lo habría impedido.

—¡Fabiana! ¡No te había reconocido! —exclamó mi madre. Sus ojos me escrutaron con ansiedad, luego se llevó una mano a la boca, como para evitar que las palabras se le escapasen en cascadas, y dijo—: ¡Qué alegría que hayas vuelto a visitarme!

El aire se me arremolinó en el alma, frío, espeso, asfixiante, y una anguila encabritada azotó mi estómago. Pensé en aferrarme *a la reja, tal como solía hacerlo a los barrotes en la casa de la infancia, mientras esperaba angustiada el regreso de esa mujer que estaba allí ahora, frente a mí, delgada y canosa, frágil y desprotegida, devolviéndome atónita la mirada.*

—¡Qué dicha que viniste a verme! —repitió mi madre con voz trémula, y dirigió sus pasos hacia la puerta de la reja bajo el cielo límpido de la capital, entre el último trinar de los pájaros y el tartamudeo lejano de mi hermano que se colaba a través de las ventanas abiertas de la casa.

48

Al día siguiente, Bruno condujo hacia Keratokambos con la sensación de que la compañía de ambas mujeres lo apartaba de la ruta que se había propuesto. No estaba convencido de que Françoise y Stefania, que parecían dueñas de sus vidas e irresponsablemente dichosas, pudieran ayudarlo en verdad a dar con Fabiana. De pronto las jóvenes le parecían el reverso de su medalla, gente de despreocupación envidiable, desenfadada, sin ataduras, que revestían de entusiasmo y buena voluntad la curiosidad que les despertaba su caso. Pero en el fondo no eran nada más que dos europeas mal criadas por su belleza y la prosperidad de sus países.

—Me parece increíble que Françoise encontrase al otro protagonista de la historia de Fabiana –dijo Stefania esa mañana mientras desayunaban en el Café The Morning Star, prontos ya a partir. El día proyectaba tonos nacarados sobre las construcciones y roqueríos de la playa, y de la calle ascendía una fragancia a piedra húmeda–. Es como leer una novela con varios puntos de vista.

¿Era cierto que la italiana había viajado desde Roma a Heraklion sólo para conocer, como afirmaba ella, al protagonista que encerraba la otra perspectiva? Pensó que tal vez estaba demasiado viejo y aislado del mundo para entender la vida desde una dimensión lúdica, que olvidaba que al final Creta no se hallaba tan lejos de Roma ni París, y que jóvenes como Françoise y Stefania trataban simplemente de ir al extremo con sus experiencias, de conocer a gente diversa y lugares exóticos en una suerte de voyeurismo turístico, de carrera de obstáculos estimulada por la opulencia de sus países. ¿No eran acaso esas semanas de verano el único espacio de libertad del que disfrutaban una traductora de una embajada en Roma y la especialista en computación de Chartres? ¿No era lo que él les ofrecía una suerte de compensación por sus monótonas vidas durante el resto del año? Su drama personal había terminado volviéndose una suerte de *reality show* para esas europeas fisgonas, pensó. Y en cualquier instante, como en un programa semejante, aquello podría desembocar en un desliz erótico.

Su peor aventura había comenzado precisamente así con la cubana. Ella simulaba indiferencia ante él, parecía interesarse sólo en su amistad, y cuando terminó una tarde con ella en la cama de un motel de la Calle Ocho de Miami, después de almorzar en El Versailles, la mujer, mientras se maquillaba ante el espejo para ocultar las huellas de la infidelidad, le había asegurado que todo aquello era pecado, algo que jamás debió haber sucedido, pues ella amaba a su esposo por sobre todas las cosas. Le dijo que lo más razonable era sepultar esa tarde en un olvido perpetuo. Pocas semanas después, sin embargo, simulando un viaje de negocios, ella había aparecido en la ciudad del Midwest, se había instalado en un hotel céntrico, y lo había invitado a su cuarto. Él nuevamente había aceptado la cita, con las consecuencias imaginables. Tras nuevos encuentros, netamente eróticos, la cubana había comenzado a revestir gradual e imperceptiblemente de amor la relación, y no tardó en confesarle que deseaba sellar con él un pacto secreto que no afectara sus respectivos matrimonios, e instalara un adulterio estable. Tiempo tardó Bruno en percatarse que esa aventura era una suerte de respiración artificial para el matrimonio de la cubana y una trampa para él.

Como atravesaba entonces la crisis con Fabiana, había aceptado el trato. Creía ingenuamente tener el toro por las astas. Supuso que se aseguraba el placer para cuando lo necesitara, olvidando la filosofía de Fabiana en el sentido de que para la mujer el sexo era sólo la punta de un iceberg y que la parte sumergida ocultaba el proyecto de fondo que el hombre, acostumbrado a navegar por la superficie, no imaginaba. Así la cubana comenzó a instalarse en forma asidua en un hotel cerca del río. Insistía que sólo buscaba goce sin compromiso y que eso le bastaba porque de ese modo, sin abandonar a sus hijos ni al esposo, podía disfrutar a fondo la vida.

—El que no ha pecado no ha vivido –afirmaba la pelirroja de cabellera aleonada mientras se maquillaba apresuradamente en el hotel, antes de bajar a coger el taxi que la llevaría al aeropuerto.

Bruno descubrió entonces que comenzaba a despreciarla porque era capaz de burlarse del marido y su familia sin remordimiento alguno. De alguna manera, el arrepentimiento y los escrúpulos de los adúlteros eran afrodisíacos, pero en el caso de la cubana la ausencia de ellos lo congelaba. «Siempre hay límites en la vida», solía decir su colega, el profesor Arteaga Molero, especializado en la representación de la ambigüedad en la literatura latinoamericana, pero resultaba evidente que la caribeña no los conocía. Podía ser adúltera, gozar el sexo, ridiculizar al marido y pontificar sobre Dios, la fe y la vida sin el menor cargo de conciencia, sin escrúpulo alguno. Podía incluso hacer el amor frente al televisor encendido, mientras su esposo predicaba en un programa regional, que ofrecía libros, cedés, campamentos y cruceros religiosos, un auténtico telemercado que empleaba la imagen del Jesucristo de la película de Mel Gibson para promover las ventas. En los sermones el esposo, un «born again Christian», afirmaba sin tapujos, ante cientos de seguidores en un auditorio decorado con flores plásticas, que a menudo se comunicaba con Dios, pues éste lo había salvado del alcoholismo en la adolescencia. Al final, recordó Bruno, la insensibilidad y falta de escrúpulos de esta mujer terminaron por incubarle un feroz desprecio hacia ella.

Fue en esas circunstancias que conoció a la chica de la India. Una mano lava a la otra, un clavo saca otro clavo, se dijo a sí mismo, dispuesto a deshacerse de la esposa del predicador, y a sustituirla por una joven de belleza exótica, que había sido modelo en San Francisco y que había llegado de Calcuta a Estados Unidos para casarse con el empresario hindú que la había adquirido mediante un arreglo matrimonial con sus padres. Pero ya era tarde, la cubana no lo dejaría escabullirse, menos con otra amante, y de la cual se había enterado al conseguir la clave del correo electrónico de Bruno. Días después, Fabiana recibía desde una dirección electrónica anónima los mensajes amorosos que él había dirigido a la antillana y a la hindú, seguidos de copias impresas, enviadas en sobres rosados. Aquello fue un misil que lo sumergió en la peor catástrofe de su vida.

—Tu mujer no te va a perdonar jamás –le advirtió un día la cubana por teléfono. Lo había llamado simulando ser sólo otra víctima de cuanto ocurría, intentando culpar a la hindú de todo–. Se asqueó de ti, no quiere verte más.

—¿Qué sabes tú? –reclamó él. Estaba en su oficina explicándole a un alumno la importancia de Er para la utopía moderna, el hombre que en la Antigüedad había regresado del mundo de las sombras para narrar su experiencia a los vivos.

—Además, la hindú no puede dejar a su marido porque condenaría a la miseria a sus padres en Calcuta –agregó la mujer del predicador–. Yo hablé con ella. Sabe que lo único que le queda es renegar de ti ahora mismo y volver con su esposo.

—Prefiero hablar más tarde.

—No hay más tarde –dijo ella, y agregó algo que a Bruno le revolvió el estómago–. Escúchame: estoy dispuesta a abandonar ahora mismo a mi esposo y a mis hijos si tú me lo pides. Pídemelo y cojo el primer avión hacia el norte. Vamos, mi amorcito, recuerda cuánto te amo y lo feliz que puedo hacerte...

Françoise y Stefania dormitaban en el carro cuando Bruno abandonó la ruta principal y comenzó un empinado descenso hacia el mar por una ruta alquitranada. Aquella cubana había pretendido ser feliz sobre las ruinas de su matrimonio con Fabiana. Olvidaba que había comenzado la aventura diciendo que buscaba placer sin compromiso, pensó Bruno, y miró a ambas mujeres a través del retrovisor. Se preguntó si no le convendría separarse de ellas para evitar que la tragedia se repitiera. La francesa y la italiana dormitaban en sus asientos bajo el sol de la mañana. El viento las despeinaba y abajo, junto al mar de Libia, los esperaban las casas de Keratokambos y la franja resplandeciente de su playa.

49

—¡Es un paraíso! –exclamó la voz de Stefania detrás de Bruno, arrancándolo abruptamente de sus evocaciones.

—Y este es el hotel del que les hablé –dijo Bruno al estacionar el jeep frente al Komis. La playa estaba desierta y el mar lamía la arena en la orilla.

—Esta es la Grecia que una busca, no esas ciudades repletas de turistas que sólo andan detrás del sol y la borrachera fácil, y que después vuelven rojos como camarones a sus casas –comentó Françoise.

Las mujeres se instalaron felices en un cuarto contiguo al suyo, algo más amplio y con balcón espacioso. Les agradó a primera vista la playa, el mar turquesa y las tabernas junto al camino. Y mientras Bruno escuchaba desde su balcón el trajín de ellas en la otra habitación, temió que esa compañía femenina en Keratokambos, con su estilo fresco, sensual y desinhibido, pudiera perjudicar la búsqueda de Fabiana, desplazarla al mundo de las sombras, sin que lograse regresar de allí como lo había hecho Er.

Stefania amaba la literatura. Era, seguramente, una forma de escapar de su existencia monótona en su cuarto de la embajada. Su oficio terminaría por desperfilarle la cintura, derribar la turgencia de sus senos y apagarle el brillo de la mirada, pensó Bruno una vez más. En diez años sería una mujer francamente en declive, ya sin atractivos. En las novelas encontraba tal vez lo que la vida le negaba. Ahora llevaba consigo *Zorba el griego*, de Nikos Kazantzakis, que leía a ratos, afirmando que la película era más entretenida que el libro. La italiana tenía una mirada provocadora y cínica, que lo registraba todo, unos labios gruesos, una voz poderosa y la risa fácil. Jamás hablaba de su vida privada.

—Es que sufrió una decepción no hace mucho –le comentó Françoise a Bruno mientras caminaban por una playa al este de Keratokambos. Stefania se había alejado a recoger conchitas, costumbre que a Bruno le recordó a Fabiana–. Desde entonces desconfía de los hombres y del matrimonio. Y en verdad te observa a ti como si fueses una cucaracha clavada con un alfiler en un insectario.

Tuvo la impresión, aunque se tratara de una impresión minada por las sospechas, que era posible la amistad entre él y esas jóvenes. Percibió que lentamente surgía una suerte de complicidad entre ellos, un vínculo que no era necesariamente erótico, aunque sí estimulante. Ambas se sentían atraídas por su afán de hallar a su esposa, y lo acompañaban inspiradas en la compasión y simpatía que comenzaban a sentir por un hombre mayor, un académico distraído que enseñaba algo bastante inútil en Estados Unidos y que ahora enfrentaba circunstancias adversas. Él, por su parte, aún confiaba en el retorno de Fabiana. Le mandaba a diario unas líneas a su dirección electrónica contándole –sin mencionar la existencia de las amigas– que estaba esperándola en el pueblo cretense que habían descubierto en los ochenta. Tras enviar el mensaje le entraba en el alma una mezcla de esperanza e inquietud, de esperanza en que Fabiana apareciese súbitamente en Keratokambos, y de inquietud de que algo malo pudiese haberle ocurrido.

Una tarde llegó con Françoise y Stefania a una ensenada bien protegida y apartada, donde se tendieron sobre toallas, a la sombra de una higuera. Era un sitio remoto, de acceso difícil porque había que cruzar primero un trecho con arbustos grandes y espinudos, un sitio al cual tal vez nadie había llegado antes. Contemplaron en silencio la marea que lavaba las piedras de colores en la orilla y luego se recogía dubitativa, como preocupada de no hostigar el sosiego del día bajo el cielo pulido.

—¿Vamos a bañarnos? —preguntó Stefania.

—Vamos —repuso Françoise. Bruno prefirió permanecer descansando en la arena, apoyado contra las mochilas.

Las mujeres se desvistieron hasta quedar sólo con la parte inferior de la tanga, y luego corrieron cogidas de la mano hacia el mar. Bruno admiró esos cuerpos jóvenes, firmes y bronceados, que se alejaban ligeros y que, antes de entrar al agua, se desprendían de la tanga. Contemplarlas desde la distancia mientras conversaban y sonreían desnudas, le deparó una erección leve pero placentera. Pensó que lo más atractivo de la francesa era su espalda, que se adelgazaba en la cintura y luego abría paso a unas caderas moderadas, un trasero redondo, pequeño, bien montado sobre unas piernas de muslos separados que permitían ver, bajo la línea de su culo, la melenita breve que le ocultaba el sexo. Si Françoise era de figura minimalista, sin un gramo de sobrepeso, de senos pequeños y erguidos, la italiana era algo entrada en carnes, aunque no mucho, de formas ligeramente barrocas, hombros redondeados y trasero generoso, y sus muslos se rozaban al caminar. Recordó que desde la adolescencia, hasta cumplir los treinta y cinco, había deseado con gran intensidad cuerpos como los de Stefania, y que, posteriormente, mujeres como Françoise habían comenzando a despertarle mayor voluptuosidad. Ignoraba a qué atribuirlo, pero lo cierto es que en su primera juventud le atraían hembras de carnes generosas, eran como la promesa del placer total; a los diecisiete años se hubiese marchado con una mujer así hasta el fin del mundo. A los cuarenta, en cambio, prefería muchachas delgadas, de carnes firmes y rostro juvenil, inexpertas, ingenuas.

Las vio zambullirse en el agua y después nadar acompasadamente hacia un punto lejano. Se desplazaban en forma elegante y limpia, levantando apenas espuma, manteniendo una admirable sincronía. Después las vio regresar hacia la costa y conversar con el agua hasta los hombros. ¿Estaban de pie sobre el fondo o flotaban? ¿De qué hablaban?, se preguntó Bruno en medio de una somnolencia grata, percibiendo que el sol calentaba su erección a través del *short*. En todo caso, las dos sonreían y a ratos buceaban y competían por alguna piedra. Desaparecían bajo la superficie del agua, para volver a reaparecer un trecho más allá, con el cielo despejado sobre sus cabezas. Françoise lo llamó a gritos para que se sumara al juego y viese el colorido del fondo del mar.

Pero él prefería permanecer donde estaba, recostado en las mochilas, observando desde esa distancia cómoda, que le permitía presionar con disimulo, sobre el *short*, su mano contra el miembro. Ver aquellas mujeres nadando sin ropas le deparaba un placer moroso. La escena le recordaba *El nacimiento de Venus*, la pintura de Sandro Botticelli, que le había encendido de súbito el deseo cuando la descubrió en un libro a los trece años. Aquella visión inesperada había bastado para que se enamorara de esa bellísima mujer desnuda, de larga cabellera rubia y tirabuzones, piel tersa y blanca, que se cubría el pubis con un bucle de la melena. Su cuerpo, semejante al de Stefania, emergía de una concha blanca en la costa de Chipre, no muy lejos de la playa donde él estaba ahora, entre Céfiro, dios del viento poniente, que llevaba sobre su espalda a Aura, diosa de la brisa, y Flora, la diosa de la naturaleza. A menudo se había masturbado contemplando a Venus, imaginando que poseía a esa mujer llamada en verdad Simonetta, que había sido modelo de Botticelli y muerto de tuberculosis. Años más tarde, ya casado con Fabiana, había llegado hasta la Galería de los Oficios, en Florencia, a conocer el original de la mujer que lo había iniciado en la vida sexual.

Sí, era mejor que él continuara tendido en la arena, se dijo Bruno, sin contagiar con su palidez y sus porfiados rollos de cincuentón sedentario ese espectáculo. Desde allí podía enriquecerlo con sus fantasías y evocaciones, ventaja a la cual no estaba dispuesto a renunciar. Imaginaba, por ejemplo, mientras presionaba su mano contra el *short*, que se encontraba con ambas mujeres en una playa desierta, parecida a la costa cretense, cerca del escenario escogido antes por Botticelli, donde amaba a Françoise y Stefania sin extenuarse, porque aún era joven y su deseo fuente inagotable.

Al rato las vio alejarse hacia el este, sin apartarse de la costa. Recogieron piedras del fondo, después discutieron entre carcajadas, y, más tarde, contra el sol del crepúsculo, creyó distinguir, aunque no de forma precisa debido a los destellos del mar, que sus cabezas formaban un solo manchón, una silueta única de contornos difusos, que bien podía encerrar un beso apasionado. Aquella ambigüedad le resultó excitante. Las mujeres desaparecieron al rato bajo el agua y reemergieron riendo y gritando, braceando juntas hacia la playa donde él las esperaba satisfecho.

50

Sentí un deseo incontrolable de acercarme a mi madre y abrazarla. Tantas veces había soñado con aquel instante en que las cosas podían hablarse y la vida rebobinarse como si fuese un video. Tantas veces la había extrañado en la soledad de mi cuarto en casa del tío, en mi internado de Nueva Orleans y en mi casa de esos días. Tantas veces la había echado de menos porque ella era el único puente hacia una infancia que, hasta la muerte de papá, había sido feliz, inmensamente feliz, después de todo. Pero en el instante en que me disponía a franquear la reja para correr a estrechar a Alma entre mis brazos, restalló en mi cabeza un latigazo alimentado por el recuerdo de las tardes de abandono y la convicción de que mamá me había fallado en la etapa más importante de mi vida.

—No la vine a ver a usted, señora —me escuché decir atónita, como si las palabras las pronunciase otro y no fuesen mías—. Vine a ver a mi hermanito.

Creo que el atardecer se detuvo entonces con su ruido de coches y el canto de los pájaros, desplegando una cortina de silencio sobre la ciudad. Nunca supe de dónde, de qué rincón del alma, brotaron esas palabras, y me asusté y me arrepentí de ellas, llegando incluso a dudar si las había expresado efectivamente. Pensé incluso en cruzar la puerta de la reja y, a pesar de todo, abrazar a mamá y actuar como si nada, absolutamente nada doloroso, ni siquiera las palabras hirientes que yo había pronunciado, hubiese tenido lugar entre nosotras.

—¿Quieres ver a tu hermano? —preguntó mamá, decepcionada, y su voz dulce, melodiosa, evocó en mí las tardes en que íbamos al Café Europa y yo ordenaba allí batido de plátano y un

pastel de guayaba, y ella té y bocaditos–. Claro, cómo no, enton-
ces no te molesto, voy a decirle que salga a verte.

Recuerdo que entonces mamá dejó caer las tijeras entre las ro-
sas y caminó a la casa a paso lento, con la cabeza gacha y la ca-
bellera blanca desparramada sobre los hombros.

Nunca más podré recordar en detalle qué ocurrió después. Ima-
gino que de pronto quedé sola en la calle desierta, mientras el agua
de la manguera borboteaba como tiempo desperdiciado. Súbita-
mente mis piernas echaron a correr por las calles desiertas. Re-
cuerdo que corrí hasta perder el aliento, hasta que estuve segura
de que si giraba sobre mis talones ya no divisaría el rostro de mi
madre ni escucharía la voz de mi hermanito detrás de la ventana.

Una semana después de esa fuga desesperada, recibí la noticia
de que mamá estaba muerta. Había sufrido un accidente auto-
movilístico mientras regresaba, tarde por la noche, de El Salvador
en compañía del hombre de bigotes, que salió ileso.

51

La mañana siguiente arrancó con un intempestivo llamado de Françoise. Los teléfonos terminarían por arruinar-
le los nervios, pensó Bruno al despertar con un sobresalto.
Su voz excitada le anunciaba una sorpresa: Jean-Jacques
llegaría al día siguiente a Heraklion para hablar con ella
y definir las cosas. Algo había activado de forma sorpresiva un cambio de actitud en su prometido, y en cualquier
momento lo tendrían en Keratokambos.

—¿Cuándo te lo anunció? –preguntó Bruno saliendo
del marasmo en que el vino y el ouzo de la noche anterior
lo habían hecho naufragar. Se asomó con el aparato al
balcón. El azul del mar brillaba peinado por la brisa del
poniente.

—Me llamó anoche, tarde.

—¿Y qué le dijiste?

—¿Y qué iba a decirle? Pues que viniese y conversemos...

—No me entiendes. Me refiero a si tienes ganas de definir el asunto.

—Habrá que ver...

Françoise parecía no presagiar lo que se le venía encima. Si Jean-Jacques era capaz de abandonar el trabajo que
tanto amaba para aclarar asuntos que bien podría abordar por teléfono, o más tarde en casa, era porque abrigaba sospechas que las cosas marchaban mal.

Pero ella pensaba que Jean-Jacques venía simplemente a fijar fecha definitiva para la boda. Él era así, subrayó
la mujer –diametralmente opuesto a mí, pensó Bruno–,

un ser por lo general predecible, y lo mejor era esperar a ver qué planes traía. Había gente así, ordenada, con itinerario riguroso, que veía en la observancia de la disciplina el sentido de su vida. Le había dicho a Jean-Jacques que viniese si lo consideraba necesario, que lo esperaba, que podría conocer a Bruno y su increíble historia.

—No sé si mencionarme fue una idea afortunada –masculló él.

—¿Y qué querías?

—Algo de discreción. –Ahora sí tuvo la certeza de que el asunto se le escapaba de las manos.

—¿Y si no te mencionaba a ti cómo iba a explicar este viaje?

—No sé. Pero yo planeo quedarme aquí buscando a Fabiana. No quiero problemas.

—No los tendrás. Y a mí me hará bien ver de nuevo a Jean-Jacques. No sabía en qué andaba. Hacía días que no llamaba ni enviaba mensajes.

—Pareces preocupada por él –Bruno temió que sus palabras sonaran a reproche.

—Ha sido por años mi compañero, ¿no? Dime, ¿podemos vernos en tu cuarto?

Minutos más tarde ella tocaba a la puerta de su habitación. Llevaba *shorts*, polera y la cabellera peinada con gel. Se sentaron en el balcón mirando hacia la playa, donde ya abrían las primeras tabernas

—¿Y qué vas a hacer si él desea romper? –preguntó Bruno.

—Nada, me sentiré aliviada.

—Por lo menos ahora tienes claro que no lo amas.

—Pero estoy acostumbrada a él. Me alegró escuchar su voz.

—¿Y entonces?

Ella colocó sus piernas sobre la baranda del balcón. Del

pueblo llegó ruido de sillas que alguien instalaba bajo un parrón.

—A veces creo que debiera ser honesta y confesarle que estuve con otro hombre, y que lo nuestro no tiene futuro –dijo Françoise–. En otras ocasiones me siento tentada a casarme con él guardando el secreto.

Sintió pánico que Françoise, en un intento por aclarar las cosas, le confesara a Jean-Jacques con quién le había sido infiel. Estaba harto de problemas y no quería más. Ojalá tuviera el tacto de no revelar un episodio para él ya olvidado. En verdad no había manera de acostarse con una mujer sin enredarse con ella de alguna forma, pensó. Cuando no eran las reglas que se atrasaban, era un embarazo, el reproche de haberse aprovechado, o bien los celos del marido, o, como ahora, el anuncio de que el prometido se acercaba con intenciones no del todo claras.

—Comenzar todo con un engaño, no sé, no soy moralista, pero no me convence –comentó Bruno.

—Puedo decirle que me sentí atraída por un hombre, aunque sin mencionarte. En ese caso no sería inmoral. Una puede sentirse atraída por alguien y no necesariamente romper el compromiso. Tal vez a tu mujer le ocurrió algo parecido con ese joven del que habla Stefania.

—No metas a Fabiana en todo esto, por favor, y a mí ni me nombres. Cuéntale algo que te deje tranquila, pero no le digas que fui yo con quien te metiste. Vamos, mujer, yo creo que lo nuestro fue sólo un accidente, un embullo momentáneo, y no debes darle trascendencia. Vámonos a desayunar, mejor. Me haría bien un café junto al mar.

Françoise posó su mano sobre el antebrazo de él y lo miró sin decir nada. Es probable que la haya convencido, pensó Bruno poniéndose de pie. Al menos no lo involucraría en su crisis, se dijo aliviado.

—Hagámoslo por última vez –susurró ella sin sacarle la vista de encima–. Por última vez, ven...

Bruno miró hacia las calles desoladas de Keratokambos. La mañana desparramaba una luz grata sobre la isla.

IV
LA FUENTE

Basta un giorno a equilibrare il mondo.

Salvatore Quasimodo

52

—¿Doctor Garza? –preguntó la voz al otro lado. Bruno examinó la pantallita y vio que lo llamaban de Estocolmo. Era ya de noche en Creta. Descansaba en la cama del cuarto después de haber pasado el día junto a Françoise y Stefania esperando a que Jean-Jacques diera señales de vida.

—Con él habla.

—Soy Oliverio Duncan. Lo llamo para darle dos noticias. Una buena y la otra mala, lamentablemente.

Bruno se estremeció. Se puso de pie y caminó hasta el balcón. La noche había teñido de negro la superficie del mar y los botes de pescadores se internaban por ella con sus lámparas encendidas

—Explíqueme, por favor –repuso tenso.

—No creo que vuelva a molestarlo, doctor Garza. Quizás esa sea la buena noticia para usted.

—¿Por qué me dice eso?

—Porque intuyo que le incomodan mis llamados. Hay algo en su alma que se intranquiliza cada vez que habla conmigo. En fin –agregó Duncan en tono pausado–. La mala noticia es que la encontramos…

—¿A quién encontró?

—A Fulki Manohar.

—¿Y dónde estaba? –respiró con cierto alivio.

—El mar Báltico la arrojó contra la costa esta mañana. Lo siento por su familia. Fulki era un mujer atractiva, inteligente y, usted coincidirá conmigo, quizás demasiado impulsiva. También lamento haberlo molestado por este caso, doctor Garza.

Bruno guardó silencio. Desde el mar le llegó un soplo salobre. Creyó ver la risa de dientes blancos y mirada brillante de Fulki, su lunar en medio de la frente, el color mate de su piel.

—¿Un accidente? –preguntó.

—Al parecer había bebido más de la cuenta cuando cayó al mar.

—¿Cuándo la encontraron?

—Hace poco.

—¿Y qué hará usted ahora, inspector?

—No se preocupe por mí, doctor Garza. Yo continuaré mi rutina.

—¿En Estocolmo?

—En mi despacho de la Polishuset, barrio de Kungsholmen. Siempre para servirlo.

—Gracias, inspector, muy amable, pero no planeo viajar por esos lados.

—Entiendo. Dígame, doctor Garza, ¿está leyendo algún libro de Cristóbal Pasos?

—En verdad no, pero lo haré. Pierda cuidado

—En fin, hágalo en cuanto pueda. Y que disfrute la noche, doctor Garza.

53

Mientras cenaba esa noche en Keratokambos en torno a una botella de vino con sus amigas, Bruno trató de apartar el recuerdo de Fulki Manohar. Admitió, eso sí, en su fuero interno, que tanto lo había cautivado en algún momento la personalidad exótica de la hindú, que había contemplado dejar a Fabiana para irse con ella. Nunca se le había pasado por la mente, sin embargo, hacer algo semejante con la mujer del predicador. Y esto se lo había confesado, según recordaba ahora que bebía un tinto con aroma a raíces húmedas y barricas de madera frente al mar a oscuras, a Fabiana. Sus palabras habían causado pánico en ella, porque hasta ese momento suponía que la aventura se había nutrido exclusivamente de una atracción calenturienta. ¿En qué instante aquella atracción se había convertido en algo más que sexo y gimnasia en el colchón? ¿Cuando hacían el amor en el hotel de la pequeña ciudad del Midwest, o durante las semanas en que los separaba una distancia descorazonadora? ¿Y era posible que la despreocupada seducción que ejercían ahora sobre él Françoise y Stefania se tornase de pronto en algo profundo y complejo? Supuso que la escena de ambas mujeres besándose aquella tarde en la playa no era nada más que fruto de la imaginación de un hombre de vigor menguante y físico precario, pero de fantasía lasciva. ¿A qué edad dejaría el deseo de determinar su vida?

De pronto Françoise y Stefania, por efecto de lo que creía haber vislumbrado, aparecían ante sus ojos revestidas de un erotismo adicional inesperado, excluyente, a pesar de que afirmaban estar a su lado precisamente para auxiliarlo. La realidad era al final lo que ocurría debajo de la superficie, en el tramo sumergido del iceberg, y uno no siempre estaba dispuesto a bucear hasta allí, concluyó. En Creta, sus amigas le ofrecían a ratos un espectáculo excitante y generoso, un juego desinhibido, que tal vez él sólo imaginaba, pero que lo convertía en voyeur obligado. No era él quien las dominaba a través de la mirada, pensó, sino ellas quienes lo esclavizaban a él a través de sus actos.

—No buscas a Fabiana por amor –comentó Stefania–. La buscas por pavor a perder la rutina a la que estás acostumbrado.

—La busco porque la necesito –repuso Bruno sin convicción. Al acariciarse las mejillas, sintió la aspereza de su barba de días–. Si no la necesitase, estaría en mi casa disfrutando la soledad.

—Pero eso no es amor, sino apego a la costumbre –insistió la italiana–. A veces no hay cómo diferenciarlo, a menos que sea en la primera etapa, cuando el amor es pura pasión. Después se confunde con la rutina.

—¿Y de dónde lo sabes? –preguntó Françoise–. Tú ni siquiera tienes novio…

—Está en los libros… –respondió Stefania.

Bruno se sintió angustiado. Tal vez el amor era una cuestión siempre clara y convincente, y cuando iba acompañado de incertidumbres, entonces era otra cosa. Él sabía lo que eran el placer, el engaño, la desdicha, mas no el amor. Él era una víctima más de la educación que presentaba el amor como una meta obligada en el horizonte. Sin embargo, rara vez se llegaba a ella. En rigor, uno sólo podía suponer que la había alcanzado. Volvió a recordar la mañana, en su casa del Midwest, cuando leyó en la pantalla de su computador las líneas de Fabiana anunciándole que no volvería y que no la buscara.

—A lo mejor te convenciste de que la amas para no tirar por la borda todo tu pasado –insistió Stefania–. Pero eso lo debieras saber tú mejor que nadie.

En verdad no lo sabía, pensó Bruno con una sensación de naufragio. Era cierto que el amor y la nostalgia no conocían deslindes claros, y que lo primero podía desembocar imperceptiblemente en lo otro. Tenía colegas que seguían con sus mujeres de toda la vida por miedo a vivir sin ellas, no porque las amasen, y otros que continuaban junto a la persona que no amaban porque les parecía titánico comenzar a acumular recuerdos con una nueva. El amor se sustentaba en el presente y el futuro, y los matrimonios en el pasado. Iniciar un nuevo matrimonio implicaba partir de cero con la memoria común, tener que contar *ad ovo* toda la epopeya de tu vida, elaborar desde los cimientos una nueva narrativa. El prolongado silencio de Fabiana, su historia personal hecha jirones, su dolor ubicado en un ayer indeleble, todo aquello la apartaba de él, y a él, a su vez, lo despojaba de la posibilidad de disfrutar la vida como lo hacía ahora, de forma simple, natural, irresponsable. A lo mejor una conciencia excesivamente lúcida destruía la felicidad y la sensualidad, e instalaba demasiados obstáculos en la vida, de por sí tortuosa y espinuda, se dijo.

Esa noche, tras la cena, salieron a pasear y se recostaron en la playa contemplando la Vía Láctea. Permanecieron bajo las estrellas escuchando el rumor del mar, bebiendo ouzo de una botella que Stefania llevaba en un bolso de cuero, especulando con la llegada de Jean-Jacques. Después regresaron al hotel abrazados, mareados. Una vez en su cuarto, Bruno arrastró la cama hasta el balcón para disfrutar la noche y se acostó desnudo, cubierto apenas por una sábana. Hasta él, entreveradas con los ruidos de la noche, le llegaban, indescifrables, las voces de Françoise y Stefania. Después se durmió.

Lo despertaron, o creyó que lo despertaban, unos dedos que se posaron sobre su frente. Entreabrió los ojos sin saber si despertaba o caía a un sueño más profundo, y en la penumbra vislumbró el cabello grueso y desparramado de una mujer envuelta en una bata vaporosa. La vio llevarse el índice a los labios en señal de silencio, y escuchó el frufrú de su prenda resbalando hasta las baldosas. Ella se deslizó entre las sábanas y se adosó a su cuerpo. No tardó en sentir que una lengua ávida inundaba su boca, y que una mano experta guiaba su miembro hacia una tibieza húmeda.

54

Cuando despertó junto al balcón y vio el alba de dedos rosáceos, Stefania ya no estaba a su lado y, lo que le resultó más desconcertante, no había rastros de su visita. ¿Lo había soñado o realmente había hecho el amor con esa mujer? Examinó el cuarto y las sábanas buscando indicios, pero no encontró nada. Sólo sentía dolor de cabeza. Supuso que el alcohol y el recuerdo de ambas mujeres besándose en el agua se habían confabulado para convencerlo de que había yacido con la italiana.

Divisó a sus amigas desde el balcón. Desayunaban en el jardín del hotel, a la sombra de un naranjo, con un desconocido. Cuando arribó donde ellas, supo que era Jean-Jacques. Había llegado esa mañana, temprano, en un carro alquilado en Heraklion, y proyectaba quedarse sólo una noche. Tendría cincuenta años, era de mediana estatura y bigote espeso, y exhibía una barriga que ya no lograba disimular. Su piel era clara y sus ojos verde oscuro. Parecía un tipo disciplinado, satisfecho con la vida, pero a Bruno no le convenció como el hombre para Françoise.

—Así que usted es el famoso Bruno –comentó Jean-Jacques en un español que pronunciaba con dificultad–. Françoise ya me habló de usted. Un placer. ¿Alguna novedad sobre su señora?

Le respondió que aún no había revisado el correo electrónico de esa mañana, que seguía ignorando el paradero de Fabiana y que él, a su vez, también había escuchado de su persona. Temió por unos instantes que Jean-Jacques ya supiera la verdad o intuyera que su novia lo engañaba

219

con él, y ese temor aumentó cuando miró a Françoise en busca de algún mensaje, y no lo halló. Mientras conversaban, la mujer los observaba con aire imparcial, como un juez que sigue atento el despliegue de movimientos de dos púgiles, sin tomar partido por ninguno. Del mar llegaba a esa hora un hálito con olor a algas, y contra las piedras del piso del pequeño restaurante relumbraba el sol, encandilándolos.

Salieron a mediodía a recorrer los alrededores de Keratokambos en el Nissan alquilado por Jean-Jacques. Él y Françoise iban adelante, Jean-Jacques hablando en francés en forma ininterrumpida mientras conducía, mostrando de pronto una vista panorámica interesante a lo lejos o acariciándole brevemente una mejilla a ella, o haciendo uno que otro chiste. Atrás, Bruno continuaba asombrado por la naturalidad con que Stefania actuaba ante él. Era como si nada hubiese ocurrido entre ellos. Si su visita nocturna al cuarto había sido real, entonces era evidente que la italiana lo había utilizado y se burlaba de él, pensó. ¿Por qué no? ¿Acaso él no había utilizado a la cubana de Miami y a la hindú de San Francisco sin importarle los maridos engañados ni los hijos en riesgo de quedar abandonados? ¿Y Françoise no utilizaba ahora al pobre Jean-Jacques, permitiendo que la acariciara, regalándole sonrisas, besándolo en la boca, dándole a entender que lo amaba? Probablemente ya había yacido con su prometido esa mañana en el cuarto, dejando que él la recorriera con sus manos, lamiendo ella a su vez su cuerpo maduro, procurándole trabajosos orgasmos, porque él, y así Françoise se lo había dicho, la poseería sólo cuando estuviesen casados. ¿Sería verdad aquello? Stefania, por su parte, también simulaba. No le quedó sino admitir que él haría lo mismo en el instante en que Fabiana regresara. Tal vez hasta el mismo Jean-Jacques tenía una amante en Francia, se dijo, y recordó la descripción del muchacho que acompañaba, según Stefania, a su mujer en Centroamérica, y esa imagen le causó un repentino vuelco en el estómago.

La gente era capaz de cualquier cosa para satisfacer sus deseos, pensó, y, lo que resultaba peor, podía fingir una sonrisa franca, afectos, lealtades, con la barbilla firme y la voz estable. Por eso el infierno estaba poblado de simuladores e hipócritas, de gente que seguía corriendo despreocupada por las calles, saludando afable, podando con esmero los rosales, erradicando meticulosa los dientes de león, paseando oronda sus mascotas por los parques en sombra, «li angelli que non furon rebelli / né fur fidele a Dio, ma per sé fuero», reflexionó Bruno. Era terrible, las peores acciones las cometían simuladores, que parecían políticos honestos, incapaces de matar una mosca, ciudadanos intachables. Sólo la mala literatura y Hollywood intentaban convencernos de que la maldad era fruto de gente afeada físicamente por ella.

Después de pasear por las inmediaciones de Keratokambos, se tendieron al sol en una playa de arenas negras, cerca de unos acantilados. Se bañaron un rato en el mar y regresaron al Komis alrededor de mediodía. Tras el almuerzo, se retiraron a reposar. Stefania descansaba sola en su cuarto. Françoise con Jean-Jacques en el que éste había alquilado, contiguo al de Bruno.

Éste no pudo conciliar el sueño. A través de la pared le llegaba el crujido de un catre, los gemidos apagados de Françoise y la murmuración de Jean-Jacques. Se enardeció al comprobar que la francesa le había mentido. Era evidente que hacían el amor, que este hombre no era tan estúpido como para cruzar media Europa sólo para halagar con palabras a su novia. Bruno, ingenuamente, se había tragado la tortuosa historia narrada por Françoise, pero tuvo que admitir que la ilusión de que sólo él poseía ese cuerpo joven y apetecible, al cual el prometido prodigaba apenas caricias, le había servido de afrodisíaco. Supuso que Françoise tal vez le había mentido precisamente con la finalidad de nutrir su fantasía masculina. Al escuchar que en la habitación de al lado el catre adquiría un ritmo de cópula innegable, próxima ya al orgasmo, llamó por teléfono a Stefania.

—¿Podemos hablar ahora? –le preguntó.

—Más tarde, por favor, Bruno –repuso ella somnolienta–. Ahora estoy reposando.

55

Esa noche Bruno sintió que había perdido la comunicación con sus amigas, y por ello prefirió salir a cenar solo a una taberna. Françoise continuaba con Jean-Jacques en el cuarto, haciendo seguramente el amor. Stefania, por su parte, seguía sin referirse a su visita nocturna. Después de servirse sardinas asadas, permaneció sentado en su mesa mientras bebía un tinto español frente a la playa quieta. Fue entonces que una mano se posó sobre su hombro. Al virarse, se encontró con Jean-Jacques.

—¿Lo interrumpo? –preguntó el francés con una sonrisa.

Bruno lo invitó a sentarse. Tomó asiento de espaldas al mar y se escanció una copa.

—Me voy mañana –anunció.

—Una lástima –dijo Bruno–. Ha sido, en todo caso, un placer conocerlo.

—Y para mí una sorpresa –dijo Jean-Jacques. Bebió un sorbo con los ojos entornados y luego echó una mirada hacia el mar.

En el local había gente cenando, y de una radio llegaba música. Bruno contempló las manos gruesas de ese hombre y no pudo reprimir la idea de que habían acariciado a Françoise. Luego se miró las suyas, que habían explorado los mismos derroteros. Lo azoró que la infidelidad no dejara huellas en los cuerpos ni en los rostros. Tampoco las dejaba la traición, la traición suya hacia Jean-Jacques, por ejemplo. Pero se preguntó si podía hablar de traición, si en rigor no conocía al francés al momento de acostarse con su prometida. No, Françoise era quien lo estaba traicionando, no él. Él estaba traicionando a su mujer, aunque no estaba del todo seguro, puesto que para él la traición no estaba determinada por el abrazo íntimo entre dos cuerpos, sino por el involucramiento amoroso de dos personas a costa de una tercera. Y él no estaba enamorado de Françoise, sólo sentía una atracción física, calenturienta por ella, nada más. En sentido estricto no estaba engañando a su mujer con la francesa. Y tampoco lo estaba haciendo al acostarse con Stefania. El sexo y el amor no corrían por el mismo carril, se consoló mientras bebía de su copa.

—Ha sido una sorpresa conocerlo –repitió Jean-Jacques, y Bruno supuso que él había registrado su distracción momentánea, motivada por un sentimiento de culpabilidad–. No creía mucho la historia de la desaparición de su esposa.

Jean-Jacques ordenó otra botella, guardó silencio hasta que se la trajeron, un chianti de la Toscana. Comentó que el viaje, aunque relámpago, le había permitido conocer otra faceta de su prometida.

—¿A qué se refiere? –Bruno simuló indiferencia.

—A que Françoise no es la mujer hogareña que me imaginé, sino alguien que quiere ver el mundo y se deja obnubilar por sus candilejas.

—Tal vez usted se equivoca –repuso Bruno–. Ella concibe la vida como una aventura. Usted, sin embargo, como una aventura que hay que inventariar.

—¿Inventariar? ¿Qué significa eso?

—Ordenar, desglosar, qué sé yo…

—A su salud –dijo Jean-Jacques con la copa en alto–. A su salud y a la de su esposa. Porque la encuentre y sean felices.

—Gracias. Y también a la salud suya, y a la de Françoise. Porque formen un bello hogar –repuso Bruno e hizo tintinear su copa contra la de Jean-Jacques.

Al rato el francés aseveró con voz calmada, aunque decidida:

—Usted es un inmoral, Bruno.

—¿Cómo?

—Usted lo sabe muy bien. Me refiero a Françoise. Sé que usted se acuesta con ella.

Bruno se puso lívido. Apuró una nueva copa.

—No entiendo a qué se refiere –balbuceó.

—No sea mentiroso, Bruno. Lo sé todo. Usted se acuesta con mi prometida. Usted se aprovecha de la impresión que causó en una joven que atraviesa un momento complicado en su vida, y la hizo sucumbir ante su *charme* para llevársela a la cama.

Inerme, Bruno no supo qué decir. ¿Entonces Françoise lo había contado todo y dejado a él como responsable de una aventura que en realidad había sido iniciada y alimentada por ella? ¿Cómo era posible que no lo hubiese alertado? En algún momento, mientras hacían el amor en el cuarto contiguo, Françoise le había confesado toda la verdad a su novio, convirtiéndolo a él en el chivo expiatorio, pensó con un escalofrío.

—No necesita responderme –dijo Jean-Jacques. Se pasó el índice y el pulgar sobre los párpados como para borrar una pesadilla–. Fíjese, Bruno, no estoy aquí para amenazarlo, sino para proponerle algo…

—Tal vez a usted le convendría saber…

—No me interesa saber nada más –lo interrumpió Jean-Jacques. Estaba tenso y había un brillo agresivo en su mirada–. Sólo quiero que desaparezca de la vida de mi mujer. Apártese de ella y déjela tranquila para que vuelva a ser quien fue, la que estaba dispuesta a casarse conmigo. Yo soy un hombre serio, Bruno. He trabajado por treinta años en contabilidad, tengo una pequeña oficina, he planeado cada paso de nuestro noviazgo porque quiero hacer feliz a Françoise y formar una familia con ella. Es la mujer de mi vida. ¿Me entiende?

—Creo que usted está equivocado en lo que respecta a...

—No, Bruno, lo sé todo. Por eso le pido que la deje tranquila –dijo Jean-Jacques. Su tono había cambiado, ahora era suplicante–. Ella se encaprichó con usted, pero usted no la ama, ni la quiere para nada serio, Bruno. La está utilizando. Usted no puede hacerme eso a mí, no puede destruir el proyecto de dos personas que se amaban y eran felices hasta que usted entró en escena.

Trató de decir algo, pero el francés no deseaba escucharlo. Su vehemencia inquietó a Bruno. Revelaba que estaba perdidamente enamorado de Françoise y que no aceptaría que nadie se interpusiese entre ellos. Bruno admitió que él no era, desde luego, la persona indicada para advertirle sobre el riesgo que corría al amar a ciegas a una mujer como su prometida.

—¿Usted me está pidiendo que me marche de Creta y deje de buscar a mi mujer? –preguntó.

—No sea cínico, por favor. Usted no está buscando aquí a su mujer. Usted está simulando que la busca mientras se acuesta con la mía, y usa a la italiana de fachada.

—Al final me está expulsando de Creta. ¿Es eso lo que quiere? ¿Y por qué no se lleva a su mujer de vuelta a Francia, mejor?

Jean-Jacques apartó su copa y cruzó los brazos. El local se había vaciado. En un rincón sólo quedaba una pareja que conversaba en torno a una vela y una jarra de vino.

—No quiero que se marche como si yo lo hubiese amenazado –dijo Jean-Jacques al rato–. Prefiero que desaparezca como si usted se hubiese cansado de Françoise. Que se esfume y que ella no pueda ubicarlo a usted nunca más. ¿Es mucho lo que le pido?

—Usted está equivocado –murmuró Bruno.

—Es mi amor frente a su calentura por una joven, que usted podría reemplazar por cualquier otra. Ella, en cambio, es toda mi vida, Bruno. Lo que yo le ofrezco a Françoise es serio y responsable. Su oferta, por el contrario, es una aventura de corto plazo…

—Con Françoise sólo me une una amistad. Ella lo ama a usted.

—Sólo si usted desaparece, me amará de nuevo, Bruno. Concédame ese favor –dijo Jean-Jacques con los ojos húmedos, y aprisionó la muñeca de Bruno por un instante–. No es mucho lo que le pido. Si usted se marcha sin dejar rastro, Françoise y yo podremos volver a ser felices. Piense en el muchacho de la coleta que anda con su esposa…

—¿Qué insinúa? –inquirió Bruno enardecido.

—Tal vez por ese muchacho, Fabiana lo abandonó a usted. Mientras él siga a su lado, ella no regresará junto a usted. Usted es, en mi caso, el muchacho de la coleta…

—No está comprobado que ese hombre exista –repuso Bruno sin convicción.

—Para mí, usted es el muchacho de la coleta, y Fabiana es Françoise…

—El muchacho de la coleta no existe.

—Yo tampoco creí que usted existía hasta que lo vi. Y verlo me bastó para imaginarme el resto. Conozco bien a Françoise –dijo Jean-Jacques y bajó la vista.

Vaciaron la botella escuchando el rumor del mar. De los parlantes ya no llegaba música. La noche tenía firmemente en su poder a Keratokambos, la contagiaba de un sosiego engañoso, tenso, pensó Bruno. Se preguntó dónde andaría Fabiana, y si la acompañaba en verdad el desconocido del cual hablaba el francés. ¿Era verdaderamente el tipo de la coleta para él lo que él era para Jean-Jacques?

—Convengamos en que usted se alejará de mi mujer en los próximos días, que puede acostarse por última vez con ella, si ella lo desea, pero que después desaparecerá para siempre de nuestras vidas –dijo Jean-Jacques mirando fijo a Bruno–. Si usted no cumple el acuerdo, yo me encargaré de ubicar a su esposa y de contarle su aventura con Françoise. Usted decide, Bruno. Yo me vuelvo mañana a Francia.

56

—¿Rezando? —preguntó la voz a espaldas de Bruno Garza.

Bruno se sorprendió. Suponía que estaba solo en el ambiente fresco y sombrío de la pequeña iglesia ortodoxa de Keratokambos, hasta donde había escapado para no toparse con Jean-Jacques durante el último día de su visita. Se viró con lentitud en el asiento y distinguió, junto a la puerta de entrada, la figura vestida de negro, con el sombrero en la mano, de Oliverio Duncan.

—Sólo descansando. Esto es un oasis —explicó poniéndose de pie. Su voz retumbó entre las paredes encaladas del templo—. ¿Qué hace en Creta, inspector?

—Siéntese, doctor Garza —dijo Duncan aproximándose a paso lento, con las manos a la espalda. Sus zapatos bruñidos resonaban sobre el piso de piedra. Se acomodó en la banca situada detrás de la de Bruno, ligeramente a su derecha; la luz del día cayó sobre su rostro bronceado, de barba y cabellera blancas, a través de los vitrales—. Ya sabe usted, Europa es un pañuelo, y estoy aquí porque sigo con lo nuestro.

—¿Lo nuestro? —repitió Bruno. Lo incomodaban los ojos del policía, prefirió mirar hacia el altar. No le convendría que se enterara de que andaba con dos mujeres, pensó, imaginaría lo peor.

—Es una forma de decir, doctor Garza. *Nuestro* porque la señora Manohar fue conocida suya. En fin, aquí me tiene, viajé en un chárter Estocolmo-Heraklion, cuatro horas...

Lo más conveniente era coger el primer avión a Estados Unidos y contratar a un abogado que lo protegiera de Duncan, pensó Bruno. El policía le había amargado la investigación y no daba señales de cansancio. Abdicaría, como decían unos versos de Fernando Pessoa en la antología poética con que viajaba: «E regressei a noite antiga e calma / como a paisagem ao morrer do día». Sí, un avión lo pondría a salvo, y él regresaría a la noche antigua y calma del Midwest. Mejor esperar a Fabiana en la casa junto al río, donde Oliverio Duncan lo dejara tranquilo.

—En un par de horas pasó de la ciudad de Ingmar Bergman a la de Nikos Katzantzakis –comentó Bruno.

—Y mientras planeaba la nave sobre Heraklion –continuó Oliverio Duncan mirando hacia lo alto–, divisé el Palacio de Knossos, ¿y sabe de lo que me acordé?

—Del Minotauro y su laberinto, seguramente.

—Me acordé de algo que pocos recuerdan: que Ícaro escapó de Creta usando las alas que Dédalo, su padre, le fabricó con plumas y cera. Logró escapar, pero usted sabe lo que después le ocurrió.

Bruno Garza guardó silencio con el corazón alborotado. Lo que Duncan acababa de decirle coincidía precisamente con su plan de escapar hacia Estados Unidos. Y lo que era peor: su fuga, de aceptar la extraña teoría que el inspector atribuía a Cristóbal Pasos, oscuro escritor del exilio, estaba ya escrita precisamente en un mito, en una ficción, antecediéndola, presagiándola. Se estremeció al pensar que las palabras del policía encajaban en su vida como si todo fuese un rompecabezas. Se preguntó si no se estaba volviendo loco.

—En fin. Vine a Creta pues necesito ver a su esposa –precisó Duncan.

—¿Sospecha acaso de ella?

—No he dicho eso, pero tal vez ella pueda ayudarme. ¿Cuándo llega?

Garza se dio vuelta en el banco, apoyó un brazo sobre el respaldo y trató de calmarse mirando el puntal de la iglesia. Le pareció menos espaciosa y más modesta que una iglesia católica. Tragó saliva y clavó sus ojos en los de Duncan. Luego dijo:

—En verdad, ignoro dónde está mi mujer, inspector. Le dije que en vacaciones cada uno de nosotros suele disfrutar de su libertad y viajar por su cuenta.

—Entiendo –dijo Duncan, sin apartar sus manos del respaldo del banco de Garza, observando su perfil, atento a sus reacciones, tranquilo–. ¿Tiene forma de ubicarla?

—Usted sospecha de ella, ¿verdad?

Colocó el sombrero sobre el banco. Bruno seguía mirando hacia el altar. Escuchaba la voz de Duncan cerca suyo, en susurro:

—No se preocupe. Su mujer no estuvo en Suecia los días en que la señora Manohar murió.

—¿Cómo lo sabe?

—Por inmigración. La última vez que su esposa ingresó a Suecia fue siete años atrás, con usted y su hija. En julio. Después de unos días en Estocolmo, viajaron a Gotland.

Era efectivo, pensó Bruno. Entonces había estado en Suecia con Fabiana y Carolina. Un verano espléndido, caluroso y sin lluvia ni días nublados. Habían alojado en un pequeño hotel en Gamla Stan, la ciudad antigua, y recorrido sus callejuelas empedradas y comido en los sótanos de edificios medievales.

—¿Y entonces? ¿Para qué necesita a Fabiana? –insistió.

—Por unos detallitos –dijo Oliverio al rato. Desde afuera llegó el bocinazo de un camión y el ladrido de un perro–. Disculpe, ¿usted está solo en Keratokambos?

Bruno se encontró de nuevo con la mirada penetrante de Duncan, amparada por sus cejas negras.

—Solo –respondió.

—¿Y no espera a su esposa?

—No sé, inspector. Tal vez Fabiana llegue acá, tal vez no… Yo dejo pasar el tiempo. Ojalá llegue. Pero dígame, ¿por qué necesita hablar con ella?

—Voy a tratar de explicárselo —dijo Duncan mientras se acariciaba la barba con movimientos pausados—. ¿Sabe usted quién fue Farinata degli Uberti?

Bruno sonrió.

—Claro que lo sé —dijo con la mirada encendida—. Fue el gibelino que expulsó a los güelfos de Florencia en 1248. Gran enemigo de Dante Alighieri, que, por cierto, era güelfo.

—¿Se acuerda qué le pregunta Dante a Farinata en *La Divina Comedia*?

—No, desgraciadamente no lo recuerdo.

Un sacerdote ortodoxo, de barba y rasgos toscos, entró en ese instante a la iglesia. Duncan se acodó en el respaldo, acercándose a Bruno y le dijo en voz baja:

—Dante le pregunta a Farinata por qué en el infierno puede prever lo que le traerá el futuro, pero no descifrar el presente. «Soy como esas personas que sufren de presbicia», responde Farinata, «veo lo que está lejos, pero mi inteligencia es vana cuando las cosas están próximas». ¿Me entiende, doctor Garza?

—Intento, inspector.

—Ahora me siento como Farinata degli Uberti, doctor Garza —dijo Duncan enarcando las cejas—. Y creo que su mujer puede ayudarme a descifrar el presente.

57

Despertó a la mañana siguiente con un sobresalto, sorprendido aún por la presencia de Oliverio Duncan en Keratokambos y por el interés que mostraba en hablar con Fabiana. ¿Si realmente estaba convencido de que su mujer no tenía nada que ver con Fulki Manohar, por qué necesitaba hablarle? ¿Era cierto aquello, que deseaba verla, o sólo una treta? Lo invadió el temor de que el policía lo estuviese vinculando a él con la muerte de la hindú. Mientras se daba vueltas nervioso entre las sábanas, frente a la puerta abierta que daba al balcón, bajo las grandes aspas del ventilador que giraban en el cielo de su habitación, Bruno concluyó que evidentemente Oliverio Duncan sospechaba de él y que esa era la razón por la cual estaba en Keratokambos. Por eso se había negado a decirle dónde alojaba y si permanecería más tiempo en el pueblo.

¿Cuántos días llevaba Duncan en la isla, espiando sus desplazamientos con Françoise y Stefania, haciéndolo creer que estaba libre de polvo y paja para que cometiera, al igual que los sospechosos, los errores que terminaban por incriminarlos? Lentamente la presencia discreta pero implacable de Oliverio Duncan, su voz grave, sus ojos oscuros de cejas negras entre una cabellera y una barba blancas, sus gestos pausados y su ceño fruncido, lo estaban haciendo sentirse culpable de un crimen que no había cometido. ¿No habría asesinado en realidad él mismo, Bruno Garza, a Fulki Manohar y simplemente no lo recordaba? Eran numerosos los casos en que la memoria del asesino borraba el asesinato, lo convertía en un ser inocente en términos subjetivos, aunque era culpable en términos reales. ¿No le estaría ocurriendo eso a él? ¿No le parecía extraño que la llamada de la hindú hubiese tenido lugar en medio de la noche, cuando él dormía, que la hubiese olvidado por unos días, y se viese ahora envuelto en un viaje casi irreal con dos mujeres prácticamente desconocidas? ¿Y no le resultaba curioso que un policía, perdido en Escandinavia, hiciese gala de conocimientos sobre *La Divina Comedia*, precisamente su especialidad académica, y lograse intimidarlo con una retorcida teoría sobre los destinos individuales ya escritos en los libros, e insinuarle que el suyo estaba anunciado en el mito de Ícaro. ¿Era real ese conocimiento detallado de Duncan sobre Dante Alighieri, o sea, casual en relación con él, o sólo montado, es decir, urdido para ponerlo a él, a Bruno Garza, en dificultades con la intención de quebrarlo anímicamente?

No podría dejar de contactar a un abogado del Midwest. Duncan estaba convirtiendo la búsqueda de su mujer en un infierno, aunque tal vez se trataba simplemente de un charlatán, pensó mientras se incorporaba en la cama. ¿Por qué no? Oliverio Duncan era un exiliado del Cono Sur, con años en Suecia. Había terminado por naturalizarse e integrarse a la policía de Estocolmo. Y en rigor, no dejaba de hablar sobre teorías extrañas, como la del desconocido novelista Cristóbal Pasos, según la cual los destinos ya estaban escritos en una novela, o, como en la víspera, de las curiosas facultades de Farinata degli Uberti en el infierno de Dante. ¿Habría vuelto ya a Estocolmo, como había anunciado, o permanecía aún en la isla?, se preguntó mientras posaba las plantas de sus pies sobre el piso fresco del cuarto.

Se asomó al balcón y divisó a Françoise y Stefania desayunando en el jardín. Se puso bermudas y una polera, y bajó de inmediato donde ellas.

—¿Y Jean-Jacques? –le preguntó a Françoise al sentarse. Ella llevaba un vestido blanco sin mangas, sandalias de cuero y gorra beisbolera.

—Se marchó temprano esta mañana, como a las cinco –dijo Stefania apartando el diario–. Al final se quedó un día más. Te extrañamos...

Bruno simuló que lamentaba la partida de Jean-Jacques, y luego explicó que había preferido no importunar a los novios en su último día. Ordenó jugo de naranja y tostadas. Se dijo que tras conversar con el francés en el restaurante había entendido la envergadura de su amenaza. Actuaría de modo que él no se le apareciese jamás en el Midwest.

—Jean-Jacques tiene una reunión mañana a primera hora en París –aclaró Françoise. Estaba ojerosa y sus mejillas irritadas–. Trató de postergarla, pero fue imposible.

—¿Y cuándo vuelves tú a Francia? –preguntó Bruno.

—Está por verse. Le expliqué que te estamos ayudando.

—¿Fijaron fecha para la boda, al menos?

—Eso lo haremos allá. ¿Y tú? ¿Alguna novedad de Fabiana?

—No he visto aún el correo electrónico –dijo Bruno, y dirigió una mirada furtiva a Stefania, que continuaba leyendo.

—Estábamos pensando que hoy deberíamos ir hacia el este, donde hay mejores playas –dijo la italiana finalmente.

Entonces todo seguía igual, pensó Bruno. Jean-Jacques se había marchado dejando la pelota en sus manos. Ahora le tocaba jugar a él. Comprendió que se iba sumergiendo en un pantano, del cual no saldría fácilmente. El solo recuerdo de su casa junto al río, de su estudio en el segundo piso, con cuadros y libros, le resultaba ahora infinitamente apetecible, una utopía instalada en un horizonte inalcanzable.

—Por mí salimos después del desayuno –dijo Bruno. Le desconcertaba que nada en el semblante de la italiana sugiriera que era cierto cuanto él recordaba de la noche que habían hecho el amor sin palabras. ¿Por qué simulaba ella normalidad? ¿O el asunto no le merecía siquiera una insinuación? ¿O es que él se había imaginado simplemente todo aquello porque estaba enloqueciendo, y si cogía el teléfono y llamaba a casa, respondería su mujer preguntándole cuándo pensaba regresar del viaje?

Salieron de Keratokambos en el jeep, ascendieron la cuesta y alcanzaron la carretera que recorre la isla de este a oeste por el sur. A diferencia del primer día, era la italiana ahora quien viajaba a su lado, ocupando el asiento del copiloto. Llevaba los pies sobre el tablero y las piernas apenas cubiertas por la falda, que ondeaba al viento. Françoise reposaba atrás, con los ojos entornados. Bruno se preguntó si ella estaba al tanto de que su amiga había dormido con él. Nada había cambiado en la relación entre ellas, ni siquiera en el tono de sus voces o el fulgor de sus miradas. ¿Realmente había tenido esa noche entre sus brazos a Stefania? ¿Y sus manos en verdad habían recorrido esos muslos que ahora se asoleaban a su lado? Lo ofuscaba no saber si había besado o no esos labios, si sus manos habían acogido esos senos, y si su boca había explorado, como recordaba, su vagina perfumada.

A la altura de Pefkos, y cuando se decía que tal vez lo más excitante para Stefania era precisamente no referirse a lo ocurrido, en fingir que nada había sucedido, en imaginar que sus cuerpos actuaban con independencia de sus voluntades, dejaron la carretera y bajaron hacia la costa por hondonadas resecas y despobladas. Vieron un rebaño de cabras, su pastor viejo que les hizo señas y unos perros de raza imprecisa, husmeadores y esqueléticos, sedientos y acezantes, como salidos de un grabado de Goya.

Más allá de unos acantilados que caían en picada sobre el mar, descubrieron playas de piedra que se adentraban en el mar soltando relumbres nacarados, espejeando juguetonas contra el sol de mediodía, aguas visitadas por pulpos y peces. Se detuvieron en una ensenada protegida por un islote.

Françoise y Stefania se desvistieron y corrieron a zambullirse, y esta vez a él no le quedó más que imitarlas. Le sorprendió la naturalidad con que ellas jugaban desnudas, y la indiferencia con que aceptaban la presencia de su cuerpo avejentado. Stefania salpicaba con agua a su compañera y luego se paraba de manos haciendo la vela, dejando a la vista su trasero redondo y su triángulo oscuro, el que Bruno creía haber explorado en la oscuridad de su cuarto. Reposaron a la sombra de los roqueríos hablando de sus vidas o guardando a veces simplemente silencio. Más tarde, acicateados por el hambre, reanudaron el viaje para cenar en Ierapetra, la ciudad más austral de Europa. La italiana propuso que alojaran en un hotel que recomendaba su guía turística, por la vista espectacular sobre la ciudad y la costa que ofrecía.

—Si alojamos allá, les prometo una sorpresa –aseguró ella, y se volvió sonriente hacia Françoise, a quien el viento despeinaba en el asiento trasero.

58

Yo tuve que abandonar mi país entre gallos y medianoche, igual que la vez en que dejé la casa de mi madre. Fue el día en que habían hallado el cuerpo torturado y acribillado de Camilo cerca del aeropuerto La Aurora. La sugerencia de que saliera del país vino del tío Constantino, quien, con rostro lívido y vistiendo traje azul, camisa blanca, corbata roja y mancuernas de oro, me había dicho en el living de su casa, al enterarse de la detención de Camilo:

—Si lo detuvieron, por algo habrá sido...

—Pero tío, cómo puede decir algo así. Por favor, ayúdelo...

—Por algo habrá sido –repitió el tío. Una mano suya hurgaba entre las macadamias servidas en una bandeja de plata. La otra sostenía el vaso de cristal con whisky etiqueta negra, que solía beber antes del almuerzo. Sentada en un sofá estaba la tía, heredera de un imperio cervecero centroamericano. Descascaraba macadamias para su esposo.

De cuando en cuando entraba un guardaespaldas a entregarle al tío, en voz baja, pormenores de lo que ocurría en el país. El gobierno había descubierto un cinturón de espías de la URNG, cuyo plan era, supuestamente, lanzar una insurrección con ayuda de Cuba y los sandinistas. Estaban ya encarcelados quienes habían opuesto resistencia. La embajada norteamericana apoyaba la acción de palacio para erradicar la insurgencia en una región donde a la libertad la amenazaban La Habana y Moscú, según las radios. Camilo estaba desaparecido desde la noche anterior y yo había llegado corriendo hasta la casa del tío a rogarle que consiguiera su libertad en aquellas horas decisivas, pues era posible que aún no estuviese muerto, que todavía lo estuviesen torturando. Sabía de los contactos del tío con el dictador y por eso in-

sistí que Camilo sólo era un estudiante preocupado por las injusticias del país, que anhelaba democracia y derechos para los indígenas, pero que no era comunista.

—No vamos a discutir ahora sobre los planes de ese irresponsable, que nunca te ha convenido, tal como te lo dije hace tiempo —repuso el tío haciendo tintinear los cubitos de hielo contra el cristal. A su espalda, un enorme óleo representaba la llegada de los conquistadores a Atitlán, donde los indígenas, en los márgenes de la escena protagonizada por Bernal Díaz del Castillo, rendían pleitesía al europeo de barba y cabellera rubia—. Lo que corresponde ahora es que me digas si tú también estabas metida en política con él.

Negué todo entre sollozos. ¿Qué iba a hacer? No podía confesar que con Camilo habíamos colaborado con la guerrilla. Yo necesitaba convencer al tío de la inocencia de mi novio y obtener su apoyo, porque Camilo me había dicho que tenía pruebas de que el tío, al igual que otros cafetaleros, ganaderos y exportadores del país, colaboraba con la dictadura, financiándola. Ella, a cambio, mantenía bajo control al movimiento sindical mediante secuestros y asesinatos.

—Tío, por lo que más quiera, le juro que Camilo no es guerrillero y nada tiene que ver con la guerra…

—¿Guerra? Lo que sufrimos es una insurgencia comunista que quiere destruir al país —gritó él—. Y, métetelo en la cabeza, que desea destruir a tu propia clase, gracias a traidores como ese irresponsable.

Limpió con un pañuelo de seda los cristales de sus espejuelos y guardó silencio por un rato. Yo conocía esos silencios del tío. Eran la forma de imponer su voluntad sobre los demás, de anunciar que la decisión definitiva ya había sido adoptada y que sólo quedaba resignarse. Luego consultó su reloj de oro macizo. La tía lo miraba con una taza de té en la mano, silenciosa y compungida.

—¿Seguro no tienes nada que confesarme? —me preguntó el tío. Sus ojos pequeños y oscuros me escrutaron a través de los cristales.

—Ya le conté todo, tío. Ayúdeme, por favor —volví a suplicar, y me acerqué a él por primera vez en mi vida y le cogí sus manos surcadas por venas gruesas y manchadas con lunares–. Tío, usted puede interceder por Camilo, usted puede salvarle la vida a mi novio.

—¿Yo? ¿Y cómo? Si no conozco a nadie en el gobierno. Ya quisiera yo –repuso. Su mano se me escabulló como un pez y se introdujo en el bolsillo de su pantalón–. Este es un régimen de militares resentidos, y si gente como Camilo se olvida de su origen social y apoya a los indios y obreros, entonces los militares terminarán por volverse en contra nuestra y exigir un precio altísimo por restablecer el orden. ¿No te das cuenta que estamos entre la espada y la pared?

—Tío, usted tiene que llamar al presidente para salvar a Camilo…

—No olvides lo que te dije hace tiempo: en la vida hay que escoger una sola opción, la del bien, y no apartarse jamás de ella, cueste lo que cueste…

—Tío, yo lo entiendo y lo sé, y por eso le ruego que lo salve.

El tío colocó el vaso sobre una mesita, se secó la punta de los dedos con el pañuelo y dijo extendiendo los brazos:

—Si de mí dependiera, lo haría, Fabiana, pero no conozco a nadie de influencia. Además, ya te expliqué que el tema no es Camilo. Dime –insistió apuntándome con su índice, serio–, ¿seguro no tienes nada que ver con los comunistas? Dime la verdad, sobrina mía, porque este es un asunto delicado para ti, y que nos puede acarrear problemas.

—No, tío, no tengo nada que ver, por eso…

Sin prestarme ya atención, el tío cruzó el salón alfombrado pasando ante el óleo de la Conquista, y se detuvo cerca de la ventana que daba al jardín, junto al grueso cortinaje recogido. Se volvió hacia mí y dijo:

—Esta misma noche te irás a Miami y te instalarás allá en nuestra casa. Pero te vas esta noche, ahora, y no regresarás al país hasta que todo esto haya pasado. Que Dios te bendiga, sobrina.

59

Consiguieron dos cuartos amplios con vista al mar y la ciudad en el hotel sugerido por la guía turística. Bruno reposó un rato en su cuarto, y después se duchó para salir a cenar con Françoise y Stefania. Al revisar el correo electrónico en el lobby, encontró un mensaje de su hija. Le pedía la llamara lo antes posible, pues tenía novedades. Volvió presuroso a la pieza y llamó. Por fortuna, Carolina se hallaba en el departamento del Greenwich Village.

—Cuéntame, habla tu padre.

Ella le exigió que primero le jurara que jamás comentaría a Fabiana lo que iba a decirle.

—Tienes mi palabra –repuso viendo constatada su suposición de que madre e hija se comunicaban.

Fabiana la había llamado esa mañana para decirle que no se inquietara, que estaba bien y que ya le explicaría lo que había ocurrido. Lamentaba que su ausencia hubiese despertado tanta alarma en su padre, pero que no había tenido otra salida. Sólo cortando todas las amarras con él e investigando los secretos de la historia familiar había logrado divisar luz al final del túnel.

—¿Pero dónde está y por qué se marchó, y qué piensa hacer? –preguntó Bruno. A través de la puerta del balcón abierta veía las luces de Ierapetra reflejándose en el mar.

—No quiso decirme dónde está, sólo que ya se pondrá en contacto contigo. Siente que tocó fondo con la historia del tío Constantino. Ya averiguó por qué el tío le declaró la guerra a la abuela, y por qué la secuestró a ella y a sus hermanos.

—¿No le dijiste que ya es hora de que me hable, de que aparezca? –alegó Bruno exasperado. Tuvo la impresión de que ya no le interesaban los detalles de una historia ocurrida hace mucho y en un mundo distante. En algún momento había que dejar tranquilo el pasado, no seguir escarbando en él, se dijo.

—Fabiana te lo explicará, papá. Le hizo bien haber encontrado al hombre del sombrero Al Capone. ¿Sabes a quién me refiero?

—Claro que sé. ¿Aún vive?

—Lo ubicó en la capital.

—Entonces Fabiana sigue allá…

—No necesariamente, papá. Pero no te preocupes, yo le conté que tú estabas en Creta, buscándola, y se emocionó. Bueno, como te dije, encontró al hombre del sombrero. Está viejo y enfermo, solo. Vive en Montúfar…

—¿Y entonces?

—Él le dijo que Alma, mi abuela, había sido la mujer de su vida, que planeaba separarse porque se había enamorado y deseaba vivir con ella. ¿Entiendes?

—No sé cuál es la gran diferencia a estas alturas, en verdad.

—Que si pensaba formar hogar con la abuela, ya viuda, y sus hijos era porque la amaba. ¿No entiendes? Eso significa que mi abuela no era la mujer que mamá creyó que era, sino alguien que después de años de viudez quería rehacer su vida y la de sus hijos.

—Pero nada de eso justifica la decisión de mamá…

—Es que el hombre del sombrero se divorció después de la muerte de Alma, porque estaba enamorado de ella. Prefirió quedarse solo y serle fiel a su memoria, aunque ella hubiese muerto. Era él quien le llevaba flores al cementerio, papá, por eso cada vez que mamá visitaba la tumba de la abuela, la encontraba decorada con flores frescas…

—Está bien, está bien, pero…

—¿Es que no entiendes la dimensión de lo que te digo? –reclamó Carolina.

—Trato, pero no lo logro, francamente.

—Papá, no tienes arreglo –sollozó Carolina.

Cortó con la sensación de que debía digerir con calma lo que acababa de contarle su hija. Muchas cosas podrían cambiar ahora para Fabiana, pero él no podría perdonarle que se hubiese marchado y prefiriera compartir cosas tan delicadas con Carolina, en lugar de hacerlo con él. No, todo aquello no explicaba su ausencia, sólo era un recurso para justificarla. Al menos Fabiana ya estaba al tanto de que él la esperaba en Creta. Ahora la reconciliación dependía de ella.

Se reunió con Françoise y Stefania en el lobby, sin contarles la conversación con su hija, y se dirigieron a la calle de las tabernas. La noche caía sobre la ciudad estimulando a los bohemios, pero él necesitaba dejar atrás las tensiones. Primero había sido la desaparición de su mujer, después los llamados insistentes de Oliverio Duncan, la muerte de Fulki Manohar, y ahora emergía Fabiana en el marco de una historia que a él no le cuadraba del todo, pensó.

—Deberías olvidarte de tu mujer, por un tiempo al menos –sugirió Françoise cuando se sentaban en un local–. De lo contrario no disfrutarás este viaje.

—No vine a Creta de vacaciones, sino a buscar a mi mujer –dijo Bruno, y sintió que era un hipócrita redomado, pues si algo no estaba haciendo en la isla era buscar a su mujer.

—Pero eso no implica que debas ser más papista que el Papa. Te notamos abrumado y eso no resuelve nada –insistió Françoise.

Ordenaron de entrada zapallitos italianos en salsa de ajo y un Château d'Arcins, del Haut-Medoc, y añadieron unos minúsculos pescados blancos al grill, rociados con aceite de oliva.

—Deberías preocuparte un poco más de ti mismo –agregó Stefania–. Cuando vi a tu mujer en Antigua de los Caballeros, me pareció más bien entusiasmada con la perspectiva de iniciar otra etapa en la vida.

—Tú, en cambio, tienes aspecto resignado –Françoise lo miró de soslayo–. En serio, queremos ayudarte. Anoche arribamos a la conclusión de que tú, con tu estrategia de buscar a Fabiana como un pobre tipo abandonado y arrepentido, te estás haciendo un pésimo favor.

Bruno pensó que, en cierto sentido, ellas no dejaban de tener razón. Las muestras de interés hacia su mujer ni siquiera habían causado un modesto acuse de recibo por parte de ella. Además era posible que Fabiana, desde la distancia, interpretase su actitud como prueba de su culpabilidad, como justificación para su desaparición. Aquello sólo alimentaría una y otra vez las recriminaciones de su mujer en contra suya por una infidelidad instalada en el pasado.

—Yo que tú dejaría que el tiempo pase. No le escribiría más a Fabiana y me sentaría a esperar –dijo Stefania–. Verás que regresa con la cola entre las piernas.

—Las mujeres necesitamos también que nos ignoren a veces –agregó Françoise.

Se retiraron cerca de medianoche de la taberna, y caminaron al vehículo mareados por las botellas de tinto y el ouzo que habían ingerido. Bruno condujo lento y con los faroles apagados, mientras las ranas croaban. Por sobre sus cabezas refulgían las estrellas y el aroma a tierra seca les llegaba en oleadas, envolviéndolos en una atmósfera irreal. Estacionó el jeep frente al hotel y después caminaron abrazados hacia la playa. Se sentaron en la arena.

—¿Se animarían? –preguntó Stefania liando un cigarrillo con la yerba que guardaba en una pequeña bolsa plástica.

No había nadie más en los alrededores.

61

Aspiraron con fruición el pito de marihuana, que pasaba de mano en mano perfumando la noche, y esperaron en silencio sus efectos bajo el cielo estrellado. Bruno recordó sus años de colegio, los días en que fumar yerba era un acto de rebeldía y protesta. Ahora era apenas un triste ejercicio de la nostalgia. Frente a ellos el mar se mecía en una negrura espesa, salpicado por la luz de botes pesqueros. Al comienzo nada cambió, todo siguió igual, pero de pronto un ataque de risa se apoderó del trío, una risa desbocada y escandalosa, causada por una felicidad inexplicable que emanaba de recovecos insospechados del alma, una risa que revoloteó sobre ellos hasta arrancarle ecos metálicos a la bahía y los montes lejanos.

A Bruno le vino nítido a la memoria el fresco milenario que Stefania les había mostrado en su libro sobre Creta. Era conocido como *Las damas de azul,* y se hallaba en una de las paredes del Palacio de Knossos, cerca de Heraklion. Lo había visto con Fabiana en su primer viaje a la isla, y creía haber olvidado sus detalles. Hasta esa tarde. Ahora el cuadro se proyectaba íntegro en su imaginación, marco espléndido para esas damas de la Antigüedad de nariz recta y afilada, enormes ojos bajo cejas arqueadas, y larga cabellera azabache ceñida por collares de perlas. Sus faldas vaporosas dejaban al descubierto sus senos pálidos, exaltando sus cinturas de ánfora y sus vientres lisos. Y, de pronto, en medio de las risas, Bruno vio que las damas de azul ejecutaban sobre una alfombra una danza enigmática e insinuante. Al rato creyó que deliraba, pues las vio levitar, ascender por el cielo, ondulando lánguidas sus cuerpos, radiantes sus rostros a orillas del mar de Libia.

Stefania prendió un nuevo pitillo y el aroma a yerba inflamó la oscuridad encendiendo las pupilas, ralentizando la noche. Ahora Bruno lograba apreciar las aristas de cada piedra refractándose en la playa, los bordes y pliegues de cada ola, por mínima que fuese, que iba y volvía sosegada, repartiendo fulgores. En la playa, las damas de azul bailaban ahora con Françoise y Stefania, y en la distancia los faroles de un carro barrían una carretera sinuosa. Stefania se acercó a Bruno, lo besó y luego le colocó un pito entre los labios. Después le sugirió que contemplaran el cielo desde la terraza del hotel.

Subió con sus amigas las escalinatas que conducían a la terraza de sus cuartos. Abajo quedaron las damas de azul, danzando. Una vez arriba, instalaron los colchones de las camas afuera. Querían dormir de cara a la noche. En ese instante Bruno pensó que la ausencia de Fabiana no era definitiva, que de algún modo nunca dejarían de estar juntos, y que ella le pertenecía para siempre.

—¿Pertenecer? –reclamó Françoise. Reposaba de espaldas en un colchón con una pierna cruzada sobre la rodilla. Equilibraba un pito humeante entre sus dedos–. ¿Quién habla aquí de algo tan anticuado como pertenecer a otro?

Recién entonces Bruno constató que pensaba en voz alta, que todo cuanto consideraba pensamiento era al mismo tiempo sonido, como si no hubiese deslindes entre palabra pensada y pronunciada. Supuso que a sus amigas les ocurría otro tanto, que ya nada separaba sus pensamientos de los de ellas, ni de los demás, que todos habitaban un inmenso magma de portentosas ideas sin dueño.

Y de pronto, azorado, vio que la terraza, como por arte de magia, comenzaba a ondularse y se volvía una alfombra que se deslizaba por el cielo con un zumbido siseante, llevándolo, junto a Françoise y Stefania, a explorar la noche. Vio como se aproximaban a la cima del Athos, el monte más alto de la isla, mientras abajo las luces de Ierapetra dialogaban con las estrellas. Volaban escuchando los compases de una rembetika, que cantaba en lontananza Kostas Moutzios. Y en los oídos de Bruno las palabras en griego no sólo se enhebraban melodiosas, sino que adquirían a la vez sentido pleno: «No es Elena quien está esperando por ti / Una vida perdida, que pasa rápidamente / En estado de sitio, Troya siempre pierde / Elimina los obstáculos, y busca los cómo y los por qué». Miró hacia abajo y divisó esta vez no sólo el Komis, las casas en la bahía, y el mar de Libia, sino también Keratokambos con su calle escuálidamente iluminada, la antigua Pensión Odiseo, y después, desde mayor altura, vio Heraklion y Knossos, y después la isla completa, y segundos más tarde, en medio de *santouris* y *toumbelekis*, otras islas, y finalmente todas las islas griegas flotando luminosas en el mar inescrutable, entreveradas con la noche. Recordó al Dante: «Yo por todas las siete esferas hice / girar mi vista, y tal vide este globo / que de su aspecto me burlé infelice».

Y vislumbró de pronto, cerca suyo, en la alfombra, a Françoise y Stefania desnudas, enlazadas en un abrazo tierno y silencioso. Se miraban a los ojos, ajenas al espectáculo nocturno. Y entonces vio, o creyó ver, que ambas mujeres, una vez más, como la tarde inolvidable en el mar, se fundían en un beso prolongado. En ese instante su cuerpo, ahora ligero y obediente, como cuando joven, rodó hacia ellas y alcanzó, entre sombras y resplandores, sus hálitos entrecortados, sus manos curiosas y sus muslos generosos. Se aproximó a ellas y fue acogido por sus labios húmedos, guiado de una boca a la otra, y sintió de pronto que lo besaban sobre los párpados, la hondonada de su ombligo y el capullo de su miembro. Bruno avanzó a tientas por las estribaciones de ambas mujeres, se empapó de sudores levemente ácidos y humedades lubricadas, y lamió, en medio de la oscuridad, pulposidades dúctiles, como de mango maduro, sin saber a quién pertenecían. Aquella confusión de alientos, perfumes y oquedades aterciopeladas, incrementaron su voluptuosidad. En esa ambigüedad amparada por las sombras, aquellos cuerpos representaban todos los cuerpos que él, a lo largo de su vida, había deseado. Cuando se corrió con un estremecimiento profundo sintió que una melodía lejana se derramaba, a su vez, sobre sus cuerpos sudados. Se fue quedando dormido entre las caricias que le prodigaban las damas de azul.

62

Despertó en medio de la terraza, cuando el cielo esculpía contornos escarpados en los cerros. Allí los amaneceres eran diferentes a los de Antigua, donde la luz algodonada iba creando formas alabeadas, donde la brisa templada en la altura tropical suavizaba los perfiles. También era diferente a los amaneceres de la pradera, que iluminaban sigilosos la gran carpa instalada sobre la planicie. Eran las cinco. Françoise y Stefania dormían envueltas en una sábana. Se vistió y bajó sin hacer ruido por los peldaños de piedra hacia el jardín del hotel. No había nadie allí, sólo pájaros revolcándose en el polvo y unas cabras que husmeaban ensimismadas. Las chicharras permanecían aún inmersas en la modorra.

Entró al lobby, activó el computador y accedió a su correo electrónico. Fue entonces que descubrió el mensaje de Fabiana. El corazón se le sacudió en el silencio de la mañana. Abrió el mensaje y lo leyó:

«Viajo a Heraklion. Me alojaré en el Ítaca. No me preguntes dónde estoy ni qué he hecho. Confórmate con saber que la distancia me sirvió. Entendí al fin a mi madre y la perdoné. Descubrí que fue una gran mujer, que amó a su esposo hasta la muerte y que después, a pesar del qué dirán y las convenciones, intentó ser feliz de nuevo. También descubrí que fue despojada de su herencia por Constantino, y que si no pudo recuperarnos no se debió a falta de amor, sino a las amenazas. Llevo fotos de papá y mamá, de su luna de miel en Nueva York, de cuando éramos una familia, y copias de los diarios que anuncian sus accidentes.

Ahora sé que fueron mejores personas de lo que supuse, mejores, en todo caso, que yo. Lo importante es que me siento en paz con los demás y conmigo misma.

Te espero en Knossos el viernes, a las diez de la mañana, frente a la sala de los delfines. No me falles. F.».

Bruno cerró el correo electrónico y miró la hora. Faltaba poco para las seis de la mañana. Aún tenía resabio a yerba en el paladar. Se sintió imbuido de vitalidad y entusiasmo. Regresó a la terraza, donde Françoise y Stefania seguían durmiendo, las contempló unos instantes, recogió su billetera de las baldosas y volvió a bajar. El fresco de los delfines de Knossos, de una alegría simple y contagiosa, era lo que mejor representaba para Fabiana las esperanzas que ella depositaba en la vida. Lo habían visto juntos por primera vez hace más de veinte años, recordó mientras caminaba hacia la playa desierta.

En el fondo del mar, quieto y transparente, resplandecían piedras tornasoladas. Bruno se desnudó y entró lentamente al agua. Avanzó sobre las piedras, vislumbró la fuga veloz de un calamar, y luego se zambulló. Permaneció sumergido largo rato, sintiendo el pálpito acelerado de sus sienes y el bombear grave de su corazón, gozoso por el mensaje de Fabiana. Imaginó que pronto ambos volverían a la pradera y las cosas se compondrían. Salió del agua sintiéndose limpio, se vistió, abordó el jeep y cogió la carretera.

Cuando llegó a Heraklion, buscó el hotel donde alojaba Fabiana para darle una sorpresa. El Ítaca era un edificio descascarado de cuatro pisos, con una terraza sin terminar. Tenía los balcones y ventanas abiertas, y la entrada en una callejuela sombría, donde los carros parqueaban sobre las veredas, pero su frontis daba al puerto. Ingresó al lobby y se encontró ante un mesón con las llaves de los cuartos colgando de un tablero, un teléfono antiguo, y una escalera de madera que conducía a los pisos superiores. No había nadie allí. Estudió el registro de pasajeros, notó que su mujer alojaba en la pieza 37, y vio la llave del cuarto en el tablero. Supuso que Fabiana ya estaba en Knossos.

Subió al tercer piso, cruzó el pasillo con puertas pintadas de café y números de bronce, y abrió con sigilo la 37. Adentro reinaba el desorden, las ventanas estaban abiertas. No tardó en reconocer una blusa de su mujer doblada sobre una silla, y la fragancia que ella solía usar. Aquel perfume, cuyo nombre no recordaba, lo arrastró de golpe hacia los días en que él consideraba eran felices en la casa junto al río. Sobre la cama deshecha vio una libreta con tapas de cuero, y supuso que era un diario de vida. Allí estaban seguramente las claves del enigma de esas semanas, los lugares que Fabiana había visitado, la gente que había conocido, el joven de la coleta a lo Robert de Niro. Abrió con dedos trémulos la primera página y halló una cita, escrita a mano por Fabiana, de Kierkegaard: «The individual has manifold shadows, all of which resemble him, and from time to time have equal claim to be the man himself». No se atrevió, sin embargo, a continuar hojeando la libreta.

En el piso, junto a las patas del velador, había dos libros: *Carol*, de Patricia Highsmith, y un texto sobre arte minoico. Le pareció que de algún cuarto le llegaba la voz ronca y tranquila de Jack Teagarden cantando *Mis'ry and the Blues*. Fue entonces que tropezó con un maletín abierto, en el cual descansaba un álbum que reconoció de inmediato. Contenía fotos de viajes familiares. Otros tiempos, felices, pensó hojeándolo melancólico: Carolina era una niña, y ellos jóvenes y despreocupados. Sonreían con el deseo aún encendido en la mirada. Entonces se fijó en el marcapáginas. Era la copia de un ticket aéreo. Se estremeció. Correspondía a un viaje de ida y vuelta a Estocolmo desde Cancún. Un escalofrío le recorrió la espalda. La fecha inscrita en el documento coincidía con la desaparición de Fulki Manohar…

Pero había algo que no calzaba: el pasaje no estaba a nombre de Fabiana, sino de otra mujer: Teresa Cárcamo. ¿Había utilizado su mujer a alguien para llevar a cabo lo que él ahora imaginaba? Estaba temblando de pies a cabeza. Sintió que el sudor le bañaba la frente y el cuello. Se arrodilló y comenzó a registrar el maletín de mano. Hurgó entre blusas, jeans y ropa interior, y abrió una bolsa de cuero que sólo contenía artículos de maquillaje. Luego introdujo sus manos en el bolsillo lateral del maletín. Allí, envuelto en plástico, halló un pasaporte mexicano. Lo hojeó presuroso hasta dar con la página de identificación. Se encontró con la foto de su mujer, y debajo, el nombre de Teresa Cárcamo. Sintió que el estómago se le aflojaba: Fabiana había conseguido un documento falso, seguro a través de sus antiguos amigos de la guerrilla, y había pasado ilegalmente hacia México. No era difícil. Bastaba una coima a la policía de inmigración. Después había volado a Europa. Se puso de pie mareado, obnubilado por el descubrimiento. Dejó el cuarto, corrió escaleras abajo, arrojó la llave sobre el mesón y salió con el corazón al galope del Ítaca. Tuvo que ordenar un whisky doble en un bar cercano para tranquilizarse y decidir qué hacer.

Llegó a Knossos antes de que el museo abriera las puertas, cuando los buses recién comenzaban a escupir su avalancha diaria de turistas. Fue uno de los primeros en entrar a los terrenos del palacio. Deambuló por allí largo rato, sin objetivo preciso, pensando que tal vez el ticket que acababa de ver era un espejismo alimentado por la yerba del día anterior. No, se repitió, no existe un pasaje Cancún-Estocolmo-Cancún en el álbum de mi mujer. La noche de alcohol y marihuana de la víspera y la incertidumbre de tantas semanas lo habían desquiciado. Al final lo único real era que dentro de poco vería a Fabiana, que podrían regresar a la casa junto al río, y concluir esa pesadilla. Por desgracia, la vida era así, pensó, sólo te permitía salir de ella muerto y confundido.

Dejó pasar el tiempo paseando entre las ruinas, recordando la primera vez que estuvo allí, con Fabiana. Ingresó a la sala en penumbras del trono, deslumbrante por su modestia y solidez, modestia que el mito había ido trastocando, sala que en el fondo era piedra desnuda, ajena a las descripciones grandilocuentes que celebraban frescos, sedas y muebles dorados. Después ascendió hasta la sala de los delfines, que fascinaba a Fabiana por su alegría, colorido y movimiento.

Fue desde allí que divisó a su mujer caminando entre los turistas. Llevaba zapatillas, pantalón, una blusa de mangas largas, y un sombrero de ala ancha. Ella no podía verlo porque él estaba en lo alto y con el sol a sus espaldas. Espiarla sin que ella lo notara le causó una emoción incontenible. Imaginó que era una desconocida que esperaba al amante, una mujer a la que él hubiese querido invitar a conversar, pero a la cual jamás accedería. La vio consultar el reloj con su acostumbrado movimiento lento del brazo, faltaba poco para las diez, y dirigirse luego hacia un banco, donde comenzó a hojear un libro. Supuso que en esos instantes Fabiana, tal como solía hacerlo siempre antes de que entrasen a un museo, repasaba datos para explicárselos durante la visita. La ternura lo inundó al pensar que en unos minutos estaría con a ella, abrazándola, planeando el retorno a la casa junto al río.

Le impresionó que la causa de su felicidad fuese tan diminuta, cupiese en un cuerpo tan frágil, pequeño y efímero, y estuviese de nuevo cerca suyo. La vio indefensa, más delgada quizás, pero la determinación con que examinaba el libro y mantenía una pierna sobre la otra, proyectaban a una Fabiana segura de sí misma. Sintió que con ella podría volver a ser feliz, a reparar lo que había roto; que podrían visitar a Carolina en Greenwich Village y habitar la luminosa casa del Midwest. Eran las diez de la mañana en punto de ese viernes y el sol de Knossos arrancaba relumbrones a las piedras, cuando Fabiana plegó el libro, lo guardó en el bolso y se encaminó hacia la sala de los delfines.

Bruno aspiró el aire polvoriento, apartó sus manos de la baranda y echó a andar con la vista empañada por las lágrimas. Se ocultó detrás de una columna, dejó pasar a su mujer y luego la sorprendió por la espalda, con un susurro al oído, que la hizo girar de inmediato sobre los talones. Lo miró a los ojos y sonrió como hace años no lo hacía. Se abrazaron, se besaron y permanecieron largo rato entrelazados bajo el sol ardiente, sin decir palabra, oliendo sus fragancias, sintiendo el rumor de sus cuerpos, buscando refugio en el otro. En ese momento sonó el celular de Bruno.

Lo extrajo del bolsillo sin apartarse de su mujer. Identificó en la pantalla, por sobre el hombro de Fabiana, al emisor, pulsó el OK y cortó de inmediato. Después volvió a besarla, y mientras lo hacía escuchó, en lontananza, aunque nítido, como hace decenios, durante el amanecer romano, los chorros de agua fresca derramándose cristalina en la fuente de Bernini. Lo estremeció una melancolía incontenible, una ola de ternura, una sensación de gratitud infinita, y estrechó con fuerza a su mujer para no perderla nunca más.

Fue entonces que el teléfono volvió a sonar.

Iowa City, 21 de septiembre 2006